BOOKS & SMITH
New York Editors

LA INMORTALIDAD
DEL CANGREJO

EDGAR SMITH

Novela

La Inmortalidad del cangrejo

Todos los personajes en esta obra de ficción son parte del imaginario del autor. Es pura coincidencia cualquier posible parecido o similitud entre los mismos y cualquier persona, viva o muerta.

Esta obra no podrá ser copiada o duplicada, parcialmente o en su totalidad, en ningún medio, escrito, visual, de radio, o virtual, bajo ninguna circunstancia sin la previa autorización escrita del autor de la misma, Edgar Smith.

La Inmortalidad del cangrejo, 2014.
Primera Edición, 2015.
Segunda edición revisada, 2019.
Todos los derechos reservados por el autor,
Edgar Smith.

Publicado en Estados Unidos
Diseño de portada: Edgar Smith

ISBN: 978-0-9897193-3-9

Para ti, Janjo,
para que nunca dejes de soñar.

Carmen Smith
Quírico Valdez
Domínico Peña
Juana *Vicocha* Peña
Julio Peguero
Ángel Hernández
Luis Giner Paulino
Pablo Santana
Xiomara Hamilton
Antia Paulino
Ángel González
Toñín
Ramón Núñez
Diómedes Álvarez

Cada uno de ustedes sabe lo que ha hecho por mí;
por esas cosas intangibles les estoy eternamente agradecido.

Swamny Smith, Moisés Martínez
y Pilar Beltrán, gracias.
Este libro lo completaron ustedes con sus lecturas,
sugerencias y palabras de motivación.

Palabras del autor

Desde que la escuché la primera vez, a lo mejor de boca de mi madre o de Toñín, un primo de esos que el buen humor les sale por los poros (que Dios lo tenga en la gloria), me pareció una frase que había que adoptar. De la manera que la utilizaban era para referirse a lo que uno pensaba cuando parecía irse del mundo, sumido en pensamientos, y la gente le hablaba y uno no escuchaba. *Déjalo*, decía mami, *'ta pensando en la inmortalidad del cangrejo.*

No sé de dónde llegaría luego la explicación de lo que significaba la frase. A lo mejor la escuché de alguien o, a lo mejor, me la inventé; en un pueril intento de salvarla, como si necesitara apoyo para sobrevivir en las bocas de la gente. Cuando la utilizaba (no perdía oportunidad para hacerlo), y me preguntaban qué quería decir, presto decía que era una teoría. Adoptaba aire filosófico y explicaba que los cangrejos no se mueren por sí solos. Era difícil contener la risa. Siempre me pareció graciosa la expresión de la gente, que no sabía si reír o virar los ojos. Los pocos preguntaban de qué yo hablaba, o soltaban una risita, como quien dice, *oye esta vaina.*

Casi siempre, sin que lo solicitaran, elaboraba con serie-dad actuada, *dice la teoría que los cangrejos no pueden morirse por sí solos. No se enferman, no mueren de vejez. La única forma de morir es externa, es decir, matándolos.* Sin dejarlos hablar, les preguntaba, *¿alguna vez has visto un cangrejo agonizando? ¿Muriéndose?* Habría pagado para ver esas expresiones una y otra vez. Cuando era un interlocutor que prestaba atención, me esmeraba encantado, *cuando los camiones pasan a toda velocidad por el malecón, los cangrejos se les van encima, con sus muelas al aire, amenazantes. Uno cree que son* *estúpidos, que desafían los camiones. En verdad, es que están cansados de tanta sal, de tantos hombres cazándolos, de tanto arrecife, de tanta vida...*

Una noche cualquiera la teoría de los cangrejos me sirvió para imaginar una parte esencial de esta novela: la oposición entre inmortalidad y suicidio. Pensé en un hombre que sin saberlo era inmortal. Y pensé que ese hombre vivía una vida tan infeliz que decidía terminarla antes de tiempo. Y he aquí la contradicción humana, y la ironía, resumidas a un hombre, que quiere morir y no puede.

Mami me dijo una vez, al cuestionarla acerca del significado de la frase, que era *un disparate*. Me dijo, sin mucho interés, que ella la usaba para insinuar que cuando alguien estaba ensimismado probablemente estaba pensando disparates. *Y ¿Qué mayor disparate que un cangrejo inmortal?*

Son extremos opuestos, la inmortalidad y el suicidio. Lo que todo hombre anhela y lo que nadie quiere. Irónicamente, lo que nadie obtiene y por lo que algunos finalmente, por desesperación, optan. En esta novela trato de tocar cada extremo. Me encamino en los senderos psicológicos de cada uno, tejiendo intrigas y haciendo planteamientos, mientras se devela una trama amorosa de intricados tentáculos sentimentales, de orgullos, de motivación y esperanza.

¿Qué es la inmortalidad? ¿Existe algún ser inmortal? ¿Podría la sociedad aceptar un ser que no puede morir? Un millar de preguntas son posibles en un tema como éste. ¿Qué mueve a alguien al suicidio? ¿Cómo afecta el suicidio a la gente que se ama?

La ficción se presta para discutir la realidad. La historia que están a punto de leer pretende entretenerlos y ponerlos a pensar a la vez; se presta para dar algunas respuestas, y para formular muchas preguntas.

Sin embargo, al final, este no es un libro sobre inmortales, misticismos, ni cosas sobrenaturales; al final este es un libro acerca del amor; acerca del poder liberador del amor, y acerca de los obstáculos que el hombre puede sobrepasar cuando ama sinceramente.

Espero que lo disfruten.

Edgar Smith
Octubre 1, 2014

"…conservar el humor a cada paso
a cada sombra, a cada pérdida,
bajo las lluvias que no cesan
y a la hora triunfal de la caricia.

Porque el amor y el humor
crecen por dentro
para vivir y morir decentemente."

Jeniffer Moore
Poeta

LA

INMORTALIDAD

DEL

CANGREJO

A la tercera es la vencida

Este era su tercer intento de suicidio pero las cosas no estaban saliendo bien. Alguien estaba frente a él mirándolo con ojos de espanto, gritando algo que él no podía escuchar. Razonó que si no podía escuchar era porque el efecto del veneno ya llegaba a sus últimas etapas y pronto terminaría por morir. La verdad, llevaba rato en eso y ya comenzaba a tener sus dudas. No era para menos, las otras dos veces había sucedido más o menos lo mismo: alguien siempre le miraba con aquellos ojos confundidos, incapaces de decidir qué sentimiento expresar: sorpresa, decepción, miedo… y gritaban de inmediato; y aparentemente sabían qué decir y a quién llamar porque rápidamente alguien más llegaba en su auxilio. Nunca antes había visto tanta eficacia en el mundo como cuando ha estado al borde de la muerte y alguien se disponía a evitarlo. Se preguntaba si sería que aquellas personas, al salvarlo, sentían que se salvaban a sí mismas. No sentía rencor hacia ellos. Al fin y al cabo, esas humildes personas creían que le hacían un favor. No podía reprocharles por hacer lo que creían que era correcto. Pero estar en la misma posición una tercera vez, bueno, ya eso bordaba lo ridículo.

***

Había comenzado por acostarse y no dormirse. Cerraba los ojos, veía la oscuridad dentro de sus párpados como quien mira por un telescopio la noche interminable. El cosmos de sus ojos cerrados le dibujaba diminutas formas en movimiento, que parecían flotar inquietas. Trataba de fijarlas con la mirada, descifrar sus formas,

19

pero al mover los ojos, se escabullían veloces, como una presa de gran astucia.

Abrió los ojos entonces con algo de inquietud. El maltrecho cuarto bostezaba sombras demasiado densas. La quietud era la de un sepulcro. Debía sentarse, o sentía que se hundía en la cama, que se ahogaba. Afuera, a las cuatro de la mañana, la calle era un camposanto. No había movimiento de ninguna índole. Ni siquiera las más frágiles ramas descifraban el flujo de la brisa. Cada veinte minutos un auto pasaba, hacía trizas el silencio. Volvió a cerrar los ojos. Buscaba el sueño como se busca una bocanada de aire bajo el agua... Entonces las oía. Llegaban como las músicas de otras casas cuando los vecinos se rehúsan a dormir, y el viento las arrastra delicadamente. Al principio no las entendía. Tan quedo era su susurro que creía que provenían de la calle muerta. Abría los ojos y los cerraba. Se le acuñaba entonces entre las sienes un difuso tormento; un susurro involuntario y ofidio, que le decía al principio cosas sin sentido, pero que progresivamente iba formulando un ultimátum, que le hablaba de sus derrotas, de sus errores, de sus máculas…

Era su voz, pero de algún oculto modo, era una voz enemiga. Sacudía la cabeza, como para despejarla, para que le dejara tranquilo. Pero, ¿Cómo aleja uno algo que está dentro de sí? ¿Cómo callar esa voz interna? Se levantaba, iba al baño, a la cocina, bebía agua, trataba de entretener su mente, de pensar en otras cosas…

El acto de pensar es algo que ocurre por capas. Hay un pensamiento consciente que obedece a la voluntad del ser. Es el pensamiento que calcula y planifica, que analiza y toma decisiones. Hay otra capa del pensamiento que ocurre en una especie de ángulo paralelo, en otro canal, que no obedece a la voluntad, sino que se impone a manera de voz subconsciente. Es la voz detrás de nuestra voz, que nos alerta de algunas cosas, nos advierte de otras, o nos empuja a otras más. Aún más allá de estas dos voces, de estas dos corrientes del pensamiento, hay otra más recóndita, más independiente y drástica. Es la endiablada voz de la derrota, la voz del fracaso, la terrible voz del odio a la propia existencia. Esta es la voz de la locura; la que lleva a los senderos oscuros de la esquizofrenia y la paranoia. Lo que la provoca, específicamente, es tan misterioso como su propia existencia. Pero son muchas las cosas que inciden. Una hay, sin embargo, que parece una constante: la auto-reprobación.

Cuando uno va por la vida acumulando fracasos, tomando malas decisiones, sufriendo consecuencias de decisiones que la vida aparenta haber tomado en nuestro lugar, uno se va haciendo la idea de que la fuente de la vida es sufrimiento; que la vida es solo dolor, y que las esperanzas no son más que puertas que se abren a la continuidad de los fracasos y las penas. Es entonces, cuando se han vivido uno tras otro tantos desengaños, tantas desilusiones, que esa maldita voz se acerca a susurrarnos lo débiles que somos, lo inútiles, lo poco que somos en este mundo que no merecemos.

Algunas noches despertaba sudando. Se agarraba la cabeza con ambas manos, se apretaba las orejas, como si quisiera arrancárselas de un jalón. Era la voz que le recordaba sus muertos, le recordaba la gente que maltrató. Esos niños en el orfanato a los que ultrajó; aquella monja que por poco pierde la vida; aquellos días que dejó mujeres a la intemperie, sin un centavo; los *tígueres* que dejó tirados en el suelo de madrugadas hirsutas, desangrándose a la suerte de Dios. Esa voz fatal le repetía que era un engendro, un gusano, parásito de una sociedad que evidentemente estaría mejor sin él, sin su vaho a alcohol y su mirada de desquiciado.

¿Cómo sobrevive uno al ataque de alguien con quien no se puede luchar cuerpo a cuerpo? ¿Cómo evita uno escuchar esta voz como un mal espíritu empecinado en adueñarse de uno desde el alma cautiva?

Había noches que iba y venía, la voz. Eran las noches que apenas pegaba los ojos. Quizás alguna adolescente borracha o endrogada se le metía en la cama en busca de placer y algo de dinero. Quizás él mismo se emborrachaba huyéndole a pensar. No usaba drogas, pero muchas veces lo sopesó, sobre todo esas noches cuando su mente era un campo de batalla, cuando trataba de aferrarse a un hilillo de cordura. Después del sexo, se dormía. Con el amanecer subía el telón, la inútil obra de su vida daba pie a otra puesta en escena. Procuraba permanecer ocupado porque al menor descuido regresaba la ensombrecida voz que le recordaba todo lo malo y podrido de su vida.

Una de esas noches malditas la voz le dijo que se matara. Nunca, a pesar de tanto pesar, de tanta angustia, se le había presentado en concreto ese pensamiento. Al principio intentó despejarlo de su mente. Mientras más intentaba, más parecía insistir ese yo oculto tras su yo. A veces trataba de vivir una vida normal, una vida sencilla; no la locura de vida que había llevado, no ese vertedero en lo que se había convertido su existencia. Si bien ya no era el adolescente rebelde y de la calle que había sido, sí se había convertido en un hombre mal humorado, pobre de afectos, y absolutamente solo.

Lo que sentía en su pecho era como un hoyo negro. Succionaba hacia la nada toda su fuerza vital, toda energía, toda esperanza, y todas sus ganas de vivir, las poquísimas que le quedaban. Había días peores que otros. Abría los ojos y ese primer instante era lo único puro que tenía. Fugazmente, el sol, los colores, la mañana abierta como una sonrisa en un rostro de rasgos suaves. Pero pronto la cabeza se le iba llenando de pensamientos negativos, de recuerdos dolorosos, de amigos perdidos, de gente querida muerta trágicamente… de culpa.

Esos eran los peores días. Cuando la mañana se arremolinaba entre sus sienes y los recuerdos le mordían los minutos como fieras voraces. Y las penas venían en maratón, acosándolo, engulléndolo, incitándolo a buscar la única salida, la única manera de no sentirse tan solo y tan poca cosa: el suicidio.

Esos días lloraba porque no tenía fuerzas para nada más. Lloraba como un niño asustado. A veces lloraba por largo tiempo y las pocas fuerzas que le quedaban parecían abandonarle por completo, exhausto de tanto llanto y de tanta soledad; entonces caía rendido, vencido, a dormir horas de tregua involuntaria, que irónicamente le hacían bien.

Lo terrible de su estado era la imposibilidad de huir. Luchar contra la odiada voz dentro de la propia mente es luchar contra un enemigo ineludible; es luchar encerrado en un minúsculo espacio sin puertas. No puedes salirte de tu propia mente y tampoco puedes expulsar la voz y su ojeriza.

Llegó el momento entonces cuando ya no quería luchar. La proverbial gota dando constantemente en la piedra la había hoyado al fin y su mente se hallaba derrotada; involucrada finalmente a la falaz convicción de que era mejor así: quitarse la vida era la única opción para dejar

de ser una lacra, un piojo, un pedazo de basura contaminando lo bello del mundo, si es que algo era bello.

Esa noche, que él creyó su última, tomó el cable de la
lavadora, lo cortó, lo amarró a una viga, se lo anudó en
el cuello, y saltó de una silla.

Por lo que le pareció un largo tiempo sintió el dolor y la
desesperación de la asfixia. Su voz subconsciente le
gritaba, le preguntaba a gritos mentales qué diablos
había hecho, mientras la presión del cable en su cuello
amenazaba con decapitarlo. La noche se había
silenciado y ya sonaba a lo que debía sonar la nada
cuando uno se ha muerto. Ya iba perdiendo el sentido
cuando levemente escuchó un ruido y, aunque nublada,
divisó la silueta de una mujer, y luego uno o dos
hombres. En un segundo más, cuando apenas sí sintió
que unas ásperas manos le asían por las nalgas, perdió el
conocimiento. Lo último que atinó a pensar era que se
había adentrado en la muerte.

***

De repente entraron dos hombres a la habitación. Quiso
concentrarse en sus aspectos, pero el veneno ya había
causado estragos en sus sentidos y las imágenes se
hacían cada vez más borrosas. Sin embargo, ya la parte
más dura había pasado, la única parte que temía: el
dolor. Morir, ya hacía tiempo lo había decidido, no era
tan malo. Solo las expectativas de la muerte tienen
poder para dañar y atormentar. La muerte en sí no
acarrea más que recuerdo, olvido e indiferencia. Y esas
cosas solo afectan a los vivos.

El dolor, sin embargo, era diferente. Siempre le temió al dolor, a ese espacio ardiente, corrompido, que esconde la esencia del sufrimiento. No hay muerte sin dolor. Ya lo sabía muy bien. Aun recordaba con demasiada claridad aquella soga en su cuello y aquel puñal cortando su carne. Había siempre dolor en la carne y dolor en el alma. Pero de los dos, era al físico al que más le temía. No porque fuera el peor, solo que, a pesar de haberlo vivido en muchas ocasiones, era al que estaba menos acostumbrado.

Dolor de alma tuvo desde niño. De un modo u otro, siempre lo llevaba consigo, a la distancia, como un nefasto compañero, una segunda sombra. Cuando se le acercaba, intentaba ignorarlo, dejarlo que hiciera lo suyo y luego, como siempre, que pasara. Era imposible ignorarlo por completo, de allí salía la voz que lo incitaba a deshacerse de las penas, de las soledades, de las miserias. Sabía que en cada ocasión, en cada visita de aquellos pensamientos, quedaban residuos. Diminutas cosas terribles en los pasillos de la consciencia. Esas eran las que conspiraban en contra de la vida. Ya hacía tiempo que habían hallado sentido en su cabeza.

Los hombres que intentaban ayudarle gritaron a su vez y otras siluetas fueron abarcando el perímetro de su visión. Rápidamente el pequeño cuarto se llenó de difusas formas. Todo se fue oscureciendo hasta hacerse solo silencio y sombras.

***

Dos días después despertó en un cama ni dura ni blanda, forrada con una sábana que quería ser blanca, y una almohada que ya había visto pasar sus mejores años,

25

un mueblecito añejo, y bombillas de bajo consumo, que arrojaban una luz muy tenue. La puerta estaba abierta. Desde la cama podía ver la gente pasillar. Todos llevaban prisa. Intentó moverse y se percató de un intenso dolor estomacal. Los tubos del suero, clavados en su brazo derecho, colgaban ominosos desde el poste de aluminio. Volvió a recostarse, tragó una saliva áspera y amarga. Supuso que era el sabor de alguna medicina y se preguntó cuánto tiempo había pasado desde su último fracaso existencial.

El reloj en la mesita, al lado del teléfono, encaraba la pared. Quiso moverse a tomarlo, pero recordó el dolor de estómago y desistió de la idea. Entonces se formuló involuntario un pensamiento: ¿Cómo intentaría matarse la próxima vez? Apretó los ojos. Sentía vergüenza de sí mismo. Era tan miserable y tan contradictoria su existencia; era tan inútil él en este mundo que no servía siquiera para acabar con su propia vida. Un charco de lágrimas se formó en sus ojos y se derramó por los costados hasta llegar a las sábanas. La sensación de fracaso que le angustiaba parecía que lograría lo que ni el cable, el veneno o el puñal. Al silencio del cuarto lo interrumpía una sucesión de *bip bips* provenientes de un aparato para medir la presión cardíaca, entre otras cosas. Estaba a punto de derramar una lágrima cuando entró al cuarto una enfermera.

Lo primero que le llamó la atención fue el color de su pelo. Era inevitable ver el pelo de aquella mujer. Era rojo. No pelirrojo, ni rojizo; su pelo era rojo. El rojo más intenso que haya visto jamás. Quiso compararlo con el fuego, pero el rojo del fuego tiraba a naranja de vez en cuando, por eso palidecía en comparación con el pelo de la enfermera. Nada era más rojo. Punto. Y luego la bata blanca relucía impecable en contraste con el crema de las paredes.

La enfermera sonrió. Le pareció un montaje, una farsa. Era imposible tal blancura en una sonrisa. La dentadura de aquella mujer parecía brillar, literalmente. Relucía como en esos comerciales de cremas dentales en que la gente sonríe y hay unos efectos especiales que otorgan brillo de diamante a los dientes. Todo en aquella mujer, fue notando, tenía un esplendor casi sobrenatural. Tanto que se preguntó si en verdad no habría muerto ya y ésta delante de él no era más que una enfermera celestial. *¿Y tú quién se supone que eres? ¿El ángel del hospital?* Cada palabra salió de su boca con un tono diferente. Cada una envió un mensaje de dolor de diferente intensidad a su estómago. La gracia le costó caro. No estaba muerto. Los muertos no sienten dolor.

La enfermera sonrió. Sin contestar, revisó el suero y sus conexiones. Después de un minuto, le puso la mano en la frente, buscando fiebre. Le dijo que su nombre era Marta, la enfermera de turno. Agregó, con sonrisa afable, que algunas señoras le habían preguntado lo mismo en varias ocasiones, pero nunca un hombre. Aquello pareció causarle gracia y soltó una corta carcajada. Sus facciones eran un poco ásperas, sus labios gruesos y carnosos, su nariz ancha, aunque no demasiado como para afearla. Había cierta simetría en su rostro que la hacía atractiva, pero no linda. Sus mejillas eran llenas, pero no sobresalían. sus ojos parecían bolas de cristal, redondos, oscuros, profundos y misteriosos. La negrura de su piel le otorgaba ese toque de resistencia que caracteriza a la raza, y a la vez, asomaba cierta suavidad, algo que era evidente aún en la ausencia del roce. Recordó que la palma de su mano en su frente se había sentido firme, cálida, pero también libre de callosidades, y, si cabe, tierna. Le dijo que estaría allí el resto del día, que cualquier cosa, ella estaba para ayudarle. Salió y el pasillo volvió a parecer una carrera de gente que iba tarde para algún lugar importante.

27

Por unos instantes se quedó pensando en la enfermera. Luego lo fue arropando el sueño en forma de manto sereno. Ya cuando rondaba lo onírico, pensó con algo de sorpresa que había sido tan grata la impresión de Marta que le había provocado hacer un chiste. Aunque trató, no pudo recordar la última vez que había hecho un chiste en su vida.

***

Soñó que soñaba. Se veía a sí mismo en una cama roja como la más roja de las sangres. Se veía moverse intranquilamente sobre las sábanas. Habían desaparecido el cuarto, la mesita, el reloj, el teléfono... el aire estaba dando vueltas a su alrededor, y el sol, infinitamente brillante, lastimaba sus ojos aun cuando los cerraba. Unas manos trataban de alcanzarle. Una voz llamaba su nombre y su nombre retumbaba en sus oídos. Todo parecía conocido y misteriosamente extraño a la vez. Las manos que lo trataban de asir eran hechas de sombra. Ni siquiera podía determinar si eran manos o si eran humo con silueta de manos. Trataban de agarrar sus hombros, sus pantorrillas, sus propias manos, pero no lo alcanzaban. Y él, que se miraba desde arriba, que sabía, en el sueño, que aquellas visiones no eran más que sueños también, le temía a aquellas voces graves que repetían su nombre como un viejo y oculto mantra, como el nombre de un dios pagano a quien un ovillo se le ofrece en sacrificio. Desde la altura que observaba su sueño, cayó precipitosamente. Caía girando, y las manos que aguardaban, se iban deshaciendo al contacto de su piel. No eran de humo, eran de carne y hueso, y esa carne se descuartizaba al contacto de su piel. Había sangre por doquier. Y él estaba aún allá abajo moviéndose en la cama rojísima, soñando un sueño de humo, de un resplandor intenso, de sangre, y de remolinos, y de algo que caía desde el cielo, y en cuya caída, cual Ícaro, iba dejando una estela escarlata, tanto hermosa como terrible...

El sobresalto hizo que le doliera el estómago, pero fue menos agudo el dolor. Despertó sudando. Miró a su alrededor y le pareció un alivio ver las cosas cotidianas. Las pesadillas meten a uno en un mundo de horrores tan real que al despertar uno siente que se ha salvado de una muerte horripilante. Le pareció curioso cómo uno aprende a apreciar las cosas sencillas, las de todos los días, después de una experiencia traumática. Para él era aún más curioso, pues el fenómeno surtía efecto después de una pesadilla, pero no después de un intento fallido de suicidio. Filosofó que era un asunto de libertad de decisión, de control de las circunstancias. Morir era una opción que él había tomado voluntariamente. Las pesadillas eran incontrolables. Pero, ¿Era eso verdad? ¿Había tomado él esa decisión voluntariamente? ¿Acaso se le puede atribuir a la voluntad una decisión basada en la cobardía? ¿En la desesperación? *No. No, pendejo, no quieras justificarte,* se increpó a sí mismo.

Pensó en el sueño. Siempre le había parecido curioso cómo los sueños se sienten tan reales, y luego, al intentar recordarlos, son apenas una peliculilla obsoleta en el ático de la memoria. Pierden forma y fondo con pasmosa velocidad, como si se opusieran a ser revividos una y otra vez. Trató, en vano, de recordar el color de las manos de humo. Se dijo por millonésima vez que los sueños carecen de color, por lo menos los suyos. Siempre había sido imposible para él recordar el color de las cosas en los sueños. Quizás por eso nunca relacionó el sueño con la enfermera, porque nunca vio el color de la cama que lo abrazaba con fuerza descomunal.

El reloj seguía de espaldas a él. Se preguntaba qué hora sería, qué día. Había perdido por completo la noción del tiempo y no se atrevía si quiera a especular. Había tenido la intención de pedirle a la enfermera que le alcanzara el reloj, pero no se decidió a tiempo. Se molestó consigo mismo. Era lo mismo siempre, la historia de su vida: hacer planes perfectos, pero nunca dar los pasos necesarios para ejecutarlos. Nunca le faltó inteligencia. Nunca le faltó talento. Lo que le faltó fue determinación, fuerza de voluntad, y, es cierto, algo de suerte. Pero la suerte no era el factor determinante. Lo sabía, y eso lo llevó al hastío.

Alguien asomó la cabeza por el umbral de la puerta, le miró rápidamente, hizo una mueca de desesperación, y desapareció tras el filo de la pared. De los que cruzaban, el noventa por ciento lanzaba la mirada hacia el cuarto. *La gente es curiosa por naturaleza*, pensó en voz alta. Su estómago sanaba. No hacía falta que los doctores se lo dijeran. Lo podía sentir al hablar o al moverse levemente para acomodarse. Un pensamiento le cruzó por la mente: *aún la más cómoda de las posiciones, al tiempo, se torna insoportable*. No pudo evitar aplicar el enunciado a la ecuación de la vida, al tiempo que desaparecía la sonrisa. *Con el tiempo, todo termina cansándonos*, se dijo. *Quien no ocupa su mente en novedades, en formas de cómo reinventar su existencia, termina aborreciendo lo que es y lo que tiene, y lo hace en gran medida.*

Gastó un minuto intentando recordar si había escuchado aquella frase en algún lugar o si la había leído, pero no pudo determinarlo. Al final decidió que quizás la acababa de inventar. La límpida bata entró, con la sonrisa fluorescente y el fulgor del pelo, y le saludó, afable. Le dijo que era hora de la cena. *Algo suave; es lo que le conviene dadas las circunstancias*, dijo. *¿Qué hora es?* Preguntó sin apartar los ojos de los contornos de la blanquísima bata que se empeñaba en ocultar la voluptuosidad del cuerpo de la enfermera. *Las ocho y dos minutos. ¿De la noche? Sí.* Tratando de acomodarse, le preguntó, *¿Cuánto hace que estoy aquí? Dos días, casi tres,* respondió Marta. Una señora mayor entró al cuarto trayendo una bandeja con un solo plato y un vaso con agua. Saludó entre dientes, los colocó en la mesita, y, sin decir más, abandonó el lugar. Marta tomó la bandeja y se la colocó sobre el regazo. Todavía sentía leves dolores estomacales, pero ya lo peor había pasado. Marta tuvo que irse a buscar una cuchara. Lo dejó pensando si ella trataba a todo el mundo con la misma amabilidad y atención. Lo que se preguntaba, en verdad, era si la enfermera lo estaría tratando a él con cierta preferencia. *Típico*, pensó con pesadumbre, *una mujer te mira dos veces y se sonríe frente a ti, y ya crees que le gustas.* Marta entró y le entregó la cuchara. La sopa estaba caliente y tenía buen sabor. Podía sentir cada sorbo bajando hasta su estómago, y esa sensación de calidez lo relajaba. *¿Por qué lo has hecho?* La pregunta le tomó por sorpresa. Por un instante veloz le molestó la intrusión, pero no había malicia en la pregunta, ni siquiera sarcasmo, solo curiosidad. Le pareció que también había algo de interés. *Estoy jarto de esta vida, mija.* Su respuesta fue premeditadamente desenfadada. Como para restarle valor a la conversación o seriedad al hecho. *Harto*, corrigió ella. Él sonrió con poca gana. Le dijo que estaba muy viejo para tomar clases de lengua española. Ella sonrió con algo de tristeza. *¿Por qué?* El silencio se tornó una pared inmensa entre ellos. *¿Qué eres, enfermera o reportera?* Había ahora un tono áspero en su voz. *Solo soy alguien que no comprende el suicidio*, dijo Marta. *Nadie comprende el suicidio hasta que la vida lo lleva a considerarlo. Una vez que lo piensas, se vuelve palpable, y te parece apetecible hasta cierto punto. Creo que si el suicidio envolviera menos dolor, más gente se estaría matando.*

Eran palabras, pero bien pudieron ser navajas. *¿Qué cosas le pueden suceder en la vida a uno que lo lleven a pensar así de deshacerse de lo único verdaderamente valioso que uno tiene?* Él la miró con una mezcla de dureza y comprensión. Ella entendió su falta, inclinó la mirada en señal de arrepen-

31

timiento. *Te falta mucho por vivir, Marta, pero espero que nunca tengas que pasar ni la cuarta parte de lo que yo he pasado. Si así no fuera, entonces entenderías por qué algunos elegimos acabar con esta maldita vida.* Ahí estaba otra vez esa palabra que le parecía fuera de lugar: elegir. Sus ojos no se volvieron a cruzar, pero posiblemente ninguno de los dos reparó en ello. Ella susurró un hasta luego bajito y él retomó la cuchara. Ella se adentró en el pasillo; él en su sopa. En medio de los dos, revoloteaba como un buitre el *¿Por qué?*

Camino al colegio

Corría Enero y en las mañanas el sol se ponía perezoso, salía cuando le daba la gana. Camino al colegio, las tempranas horas permanecían grises y mudas. La gente saludaba con la cabeza o con fugaces sonrisas. Pocos se prestaban a la conversación. Legiones de niños vestidos de azul y caqui iban de la mano de padres somnolientos; caminaban a prisa, temerosos de llegar tarde a las escuelas, que por norma cerraban los portones a los impuntuales. Lo inusual era ver un niño acompañado por ambos padres. Él era uno de los pocos que podía presumir de que sus padres siempre lo llevaban juntos a la escuela, que siempre lo hacían a tiempo. Tenía siete años y era precoz en entender la alegría de estar juntos. No podía expresarlo, pero sabía de la manera más elemental que aquello era importante.

En esas caminatas, mientras sus padres conversaban de cosas que lo aburrían, él observaba a la gente, miraba a los otros niños, se fijaba en detalles extraños: cómo los pantalones de algunos niños no parecían alcanzar sus talones, y quedaban, al contrario, por encima de sus tobillos, lo que les hacía lucir como los payasitos de los cumpleaños. Otros, en lugar de zapatos negros, como eran las normas, llevaban tenis con demasiados colores, que él secretamente envidiaba. Le llamaba la atención la premura de la gente en la calle, su seriedad. La mayoría caminaba con tal seriedad que él se preguntaba si estaban prohibidas las sonrisas. Otras personas estaban siempre en el mismo lugar. Vendedores de jugos, de *sándwiches* improvisados, chóferes de autobuses que viajaban al interior del país, y gente que aguardaba en el mismo sitio y a la misma hora, con la misma desesperación en la cara, por carros del concho. En eso se pasaba el recorrido hasta la escuela.

Aunque raras veces realmente hablaba con sus padres, el simple hecho de tenerlos a su lado le garantizaba una alegría que no podía entender, y mucho menos explicar. Esa mañana, sin embargo, no reparó en los vehículos, ni en los niños escolares, solo en sus padres, que parecían compartir el ánimo de todos, guardando las sonrisas para la tarde. Su padre estaba tan callado que se preguntó si todavía estaría molesto porque el día anterior le había dicho que, de grande, quería ser mecánico. Su padre le había contestado, con poca paciencia, que si su intención era acumular grasa y deudas en su vida, que entonces ser mecánico era precisamente lo que debía ser. Él no entendió ni el sarcasmo ni las palabras, pero el tono y la cara fueron suficientes para saber que la idea de la mecánica no era la favorita de su padre. Pero Joseph, su padre, tenía sus mañanas malas, la que en verdad lo sorprendió fue su mamá, que siempre, no importaban las circunstancias, tenía sonrisas de sobra.

Esa mañana caminaba como los demás: a prisa, en silencio, demasiado seria. Por eso prefirió concentrarse en los dos borrachos que discutían por una botella vacía. El más alto le reclamaba al pequeño que se había bebido todo el ron. El pequeño, con cara de indignación sobreactuada, juraba que la repartición había sido justa. Se sonrió. Los dos tontos agarraban la botella por ambos extremos y parecían querer quedarse cada cual con una mitad mientras se decían algunas palabras que, cualquier otra mañana, papá y mamá le habrían sermoneado jamás repetir.

En esas estaban cuando el chirrido fatal del freno les robó la atención. Los borrachos voltearon sus cabezas un segundo antes que él. Pudo ver fugazmente una expresión de alerta en sus rostros. Cuando quiso voltear, sintió la mano de su padre en su pecho, el golpe lo envió volando hacia atrás. Cayó de espaldas en la acera y, por un momento, aturdido, no pudo comprender lo que había ocurrido. Un segundo más tarde, vio a los borrachitos corriendo hacia él, habían soltado la botella, que se rompió al impactar con el pavimento. Vio algunas personas que salían rápidamente de sus casas y una señora en particular cubría su rostro con ambas manos.

Cuando vio al frente, al medio de la calle, no pudo evitar la fuerza del grito que sacudió su cuerpo, que desgarró su garganta, obediente al impacto de un miedo y un horror como nunca antes había experimentado, como ya jamás experimentaría. Casi debajo del armazón destartalado del carro de concho, yacían sin vida los cuerpos de sus padres, uno sobre el otro, en una grotesca posición de muerte que nunca más pudo erradicar de su memoria.

* * *

El entierro fue un espectáculo espeluznante. Decenas de personas, conocidos y desconocidos, se aglomeraron frente al lugar donde serían enterrados. Muchos lloraban. Los padres de su padre lloraban sin consuelo. Hasta el día de hoy no podía recordar escena más triste. La fuerza de aquel llanto, incontrolable, lastimero, profundo, le hizo hombre antes de tiempo. Aquellas escenas de dolor insoportable le marcaron para el resto de sus días. Cuando llegó el momento de bajarlos hasta la tierra, sintió como si unas tenazas de acero tiraran con fuerza de su corazón. No había tenido tiempo, ni lucidez, para preguntar qué era la muerte. Ahora la muerte se le había aparecido de repente, mostrándose en todo su funesto esplendor, llevándose de un solo tajo lo único que tenía. Quiso llorar, llorar duro, llorar con rabia, pero no le salían las lágrimas, y eso lo enfureció más aún. Pero es que ya había llorado tanto, que no le quedaban lágrimas. Y por un momento envidió a sus abuelos. Ellos sí lloraban, y era como si el alma se les estuviera saliendo, envuelta en espinas, por los ojos y la garganta.

A unos cuantos metros de la multitud, un hombre vestido de negro lo observaba mientras acariciaba un animalito que él no lograba distinguir si era perro o gato. Había algo misterioso en aquel hombre vestido de negro, algo casi tenebroso.

Cuando cayó la primera palada de tierra sobre el ataúd que guardaba el cuerpo inmóvil de su madre, hubo que agarrarlo. Gritaba a todo pulmón que no le echaran tierra, que no la ensuciaran. Los que allí estaban, que todavía guardaban algo de fuerza, no pudieron soportarlo más y rompieron todos a llorar con el niño, que forcejeaba con los hombres que lo asían. Fue un llanto general, unánime, hondamente triste. Nadie era capaz de parar, nadie si quiera lo intentaba. Así continuó ese lamento sobrehumano hasta que la noche saludó desde el horizonte y todos se fueron callando y caminando al mismo tiempo, dejando a los muertos en silencio, a dormir hasta la eternidad.

* * *

Nunca le había prestado atención a la casa de sus abuelos, los padres de su padre. Había estado allí muchas veces, pero ahora miraba a su alrededor como si se tratase de la primerísima vez. Era una casa espaciosa, pintada de amarillo pálido y con un piso a cuadros. Esos cuadros, que tenían dos o tres colores, formaban patrones irregulares que él estudió minuciosamente por largos minutos, mientras sentía las miradas preocupadas

36

de sus abuelos. Un par de pinturas, una muy bien lograda que mostraba un paisaje de pacíficas pretensiones, y otra, no tan buena, que pretendía dar vida a unas frutas de apariencia enfermiza, decoraban como podían las paredes de la sala. Había un mueble amplio, unas butacas de roble, algunos libros sobre un estante del siglo anterior, un comedor ovalado con seis sillas, y unas cortinas en el umbral de una puerta que no estaba. Al pasar las cortinas, se llegaba a la cocina; unos pasos más allá, al baño.

Era aquí donde viviría. No le agradaba la idea. Sus abuelos siempre habían sido amables con él, pero nunca cercanos. Solo sus padres lo habían sido. Ahora era difícil permitirles acercarse. Cada vez que veía al abuelo, en las facciones de su rostro podía ver el rostro de su padre. Eran idénticos, y para él, eso era una tortura. Después de una semana en casa de los abuelos, y a dos de la tragedia, todavía no quería regresar a la escuela. Su abuela, de facciones agradables, cuerpo rechoncho y ojos claros, trataba en vano de hacerle entender las consecuencias de no recibir la adecuada educación. El abuelo, preocupado también, pero parco en materia de niños, los observaba desde su refugio: un antiguo mueble reclinable que, a simple vista, podía bien ser el mueble más cómodo del mundo. No decía mucho, se limitaba a disentir con un lento movimiento de cabeza.

Tres días lo intentaron, pero él no decía media palabra. Ya estaban ponderando la posibilidad de llevarlo a un psicólogo como le había aconsejado más de un amigo. Él se limitaba a mirar la tele. Miraba los programas, pero de una manera autómata. Nunca subía ni bajaba el volumen. Nunca cambiaba de canal. Miraba cualquier programa, y su mirada, la abuela empezó a notar, no seguía las imágenes. Sus pupilas quedaban fijas en la pantalla, y era como si estuviera hipnotizado. El abuelo, que al principio había apoyado la idea de darle espacio y tiempo, ya desesperaba. A la hora del almuerzo, apenas probaba los alimentos. Se sentaba enmudecido, con los ojos vidriosos, y a ambos viejos los mataba la mortificación.

Después de un mes, no aguantaron más y decidieron hablar con el abuelo materno, un viejo solitario y tosco, que apenas sí los recibió en la entrada a su casa. Antes de hacerle la visita, ya habían escuchado rumores acerca del "Doctor", como le llamaban. Decían que era un hombre huraño, mal humorado y de cuestionable reputación en cuanto a éticas profesionales. Habían corrido rumores sobre su inclinación hacia niñas de corta edad; y otros, ya confirmados, sobre su afición al sexo alquilado. La única señora de honrada trayectoria conocida, decían, fue la madre de su única hija, que curiosa y fatalmente, también había fallecido en un accidente. Al enviudar, el Doctor no volvió a casarse, ni mudó, contrario a lo que era normal para la época, mujer alguna en su casa. Al principio pareció un acto de amor, de respeto a la memoria de su difunta esposa, pero al pasar el tiempo, el doctor era visto con más frecuencia, y con creciente descaro, en burdeles y calles de renombrada mala fama. Pronto quedó claro que el doctor quería mujeres, pero no compromisos.

Le decían 'Doctor' porque era el único veterinario en el barrio. En algún momento, se había dedicado a recoger, bañar, alimentar, y aplicar medicamentos a cualquier animal callejero que tuviera la suerte de pasar por los frentes de su despacho. En su momento cúspide, se dice que llegó a tener alrededor de doce gatos y poco menos de quince perros aglomerados dentro del local que conformaba su negocio. Si algo bueno podía decirse de él, es que tenía sentimientos por los animales. Al paso del tiempo dejó claro que esos sentimientos eran más nobles que los que sentía por la raza humana.

En una ocasión, años después de la muerte de su esposa, una hermosa niña de ojos enormes y pelo lacio, que respondía al nombre de Clari, había encontrado un pequeño gorrión en el patio de su casa. No sabía cómo había llegado allí, pero una de sus alitas estaba ensangrentada, y, con esa natural e ingenua determinación de los niños, se lo llevó directamente al doctor. Después de unos minutos, la niña salió corriendo y llorando. Desde la calle se podían escuchar los gritos de Alicia, la hija del veterinario, que le voceaba cosas ininteligibles. De entre tantas cosas, solo se entendía una palabra repetida: ¡*abusador, abusador!*

El hecho no trascendió. El papá de Clari era marino mercante. Sus viajes le mantenían fuera del hogar por largo tiempo. Para cuando regresó, ya habían transcurrido casi dos meses del hecho, y la madre había decidido que lo mejor era mantener el asunto bajo el más estricto secreto. Ella había preguntado infinidad de veces a la niña lo que había ocurrido, pero Clari, asustada, no encontraba las palabras, y siempre terminaba llorando. Además, en una de esas andanzas del doctor por moteles y burdeles, a eso de las tres de la mañana, por desgracia de la vida se habían encontrado en unas oscuras escaleras, ebrios y acompañados. El doctor conocía al marino, aquel señor era por lo menos diez años mayor, sus ropas lucían infinitamente más caras. El incidente nunca se mencionó.

El doctor los miró de arriba a abajo y, a manera de saludo, dio un único asentimiento de cabeza. Don Nicanor, el abuelo, fue al grano de inmediato. Le explicó al malhumorado lo que acontecía. Su esposa, que apenas sí había mirado a los ojos del veterinario por un brevísimo segundo, contenía la respiración. El hombre emanaba un vaho insoportable. Era una mezcla horrenda entre alguna especie de químico, animales, y, no podía ser otra cosa, heces fecales. Mientras su esposo hablaba, ella observaba a aquel hombre. Tenía nariz de hacha, fina como los españoles. Sus ojos eran oscuros y, a contra sol, destellaban un fulgor caoba. Sus orejas eran enormes, brotaban de ellas unos pelos de aspecto asqueroso. Llevaba barba de cinco o seis días, y sus ropas bien podían haber sido recogidas de algún vertedero. En la expresión de su rostro había algo casi imperceptible que al buen observador le daba miedo: una combinación de inteligencia y desprecio. *Óigame, y óigame bien*, dijo con parsimonia el doctor. *Antes de que la matara el carro, ya hacía tiempo que ésa se me había muerto. No me quiera ahora traer la carga que ella trajo al mundo. Si por mí es, el muchacho se puede ir con ella cuando le dé la gana.*

No hubo emoción en su rostro. Las palabras brotaron de su boca con una fría naturalidad, como quien habla de un tema al cual es totalmente indiferente. Don Nicanor y su esposa se miraron casi sin comprender aquello, le desearon buenas tardes, y se devolvieron a su casa, sintiéndose aún peor que como habían llegado. El doctor cerró la puerta y se devolvió a sus asuntos.

La teoría y la memoria

El doctor Aníbal López era enjuto, de pelo castaño y sonrisa escasa, pero agradable. Andaba en mangas de camisa de tono azul y pantalones grises, de dril. Por un par de minutos le explicó los detalles de lo que habían hecho para salvarle la vida y los resultados de los análisis. Los pronósticos, por lo menos para el doctor, eran muy buenos, y ya en cuestión de un día o dos sería dado de alta.

Mientras el doctor hablaba, él lo estudiaba. Había algo en la manera que el doctor le miraba que contrastaba con lo dicho, o por lo menos con el tono casi festivo con que el doctor daba las noticias. En su mirada, que no sostenía más que por unos segundos al contacto de la suya, había palabras sin pronunciar. No quiso indagar. Sucedía con el doctor lo mismo que con la gente que le había socorrido en sus fracasados intentos de suicidio: creían que le hacían un favor.

Cerró los ojos brevemente y terminó de escuchar al galeno. Le dio las gracias, y lo vio voltear para marcharse. El doctor se detuvo en el umbral de la puerta, vaciló por un instante, y, volteando solo la cabeza, le preguntó si no lo recordaba. Sin pensarlo mucho, contestó que no. El doctor, que en ese momento le repitió su nombre, le dijo, *Soy Aníbal López, yo estuve con usted la primera vez. Yo era el asistente del doctor Legrand.*

'La primera vez'. Hacía ya cuatro años que había decidido suicidarse 'la primera vez'. No recordaba al doctor López, así como no recordaba a nadie que no fuese responsable de alguna gran alegría o de un gran dolor. Ni siquiera recordaba al último doctor que le había atendido, al de 'la segunda vez', como el joven

41

galeno lo pondría. *Lo siento, doctor, mi memoria siempre ha sido una especie de cisterna. De vez en cuando me agacho y, al sacar la cubeta, consigo traer a flote algunos recuerdos, pero la mayoría se queda en el fondo. Y créame, es mejor así.*

Por la forma en que le miraba, se dio cuenta de que el buen doctor no estaba dispuesto a dejar la conversación hasta allí. Algo le estaba carcomiendo por dentro. No era difícil de adivinar. Todos se preguntaban por qué. Pero ya le habían cansado las preguntas y las respuestas. Nadie entiende las razones si no las vive. Las cosas suenan horribles cuando se narran, pero las palabras apenas recrean los hechos, nunca los sentimientos. Es imposible conocer o entender el dolor de la madre cuando muere el hijo. *Me imagino,* eso decimos, pero nunca hemos perdido un hijo. No podemos llegar a imaginarnos el principio de aquel dolor. El que no piensa en el suicidio no ha sufrido lo que sufren los que lo intentan. Es una salida. La última forma de escape. El refugio eterno contra el dolor.

No hay por qué, dijo. No pudo detener las palabras. Notó la sorpresa en su rostro, pero de inmediato, la sonrisa franca del doctor López le sorprendió también. *Lo siento, supongo que ha notado mi curiosidad. Es usted muy suspicaz. Lo que no tiene forma de saber es que mi curiosidad no conlleva un porqué relacionado al hecho, sino al resultado. ¿Qué quiere decir?* El silencio fue breve, casi concreto. *Lo que ingirió era suficiente para matarlo a usted y a otro hombre más.* Con el fruncir del ceño, le invitó a proseguir, pues en verdad no entendía de qué iba el asunto. *Hace cuatro años usted se ahorcó. Y note, por favor, que digo 'se ahorcó' y no que 'intentó ahorcarse'. La razón es muy simple, pero muy compleja a la vez. Aquel ahorcamiento cumplió con todos los requerimientos para que usted falleciera, amigo mío, pero, ya vemos, no lo logró. A mí me pareció poco menos que un milagro. Tanto que utilicé sus análisis y placas para estudiarlos por largo tiempo. Cuando me enteré de que lo había vuelto a intentar, pero ahora con veneno, y que, una vez más, había fallado en el intento, a pesar de que transcurrieron por lo menos tres horas desde la ingestión hasta traerlo al hospital, quise venir a verlo personalmente.*

El doctor hizo una pausa. Sabía que le estaba dando espacio para opinar, pero prefería escuchar sus conjeturas. Con el tiempo había aprendido que en el arte de la conversación, el que aprende a escuchar utiliza lo que escucha para aprender a hablar.

La reacción de sus órganos al veneno fue en un noventa por ciento normal, dadas las circunstancias. Los síntomas también lo fueron. De acuerdo al cuadro que presentaba al ser ingresado, las posibilidades de supervivencia, con toda seriedad, eran menores al ocho por ciento. Todo transcurrió exactamente como debía transcurrir dentro de un cuadro de envenenamiento hasta que, una vez iniciados los procedimientos rutinarios de desintoxicación, su cuerpo comenzó a recuperarse.

Le pareció que el doctor tenía sangre de actor. Parecía que leía el libreto de alguna obra de Shakespeare. Se sonrió para sí, porque no entendía a dónde quería el hombre llegar con todo aquello. Además, había notado que en su relato, se había saltado de la horca al veneno. Aparentemente no sabía que también se había desangrado en una ocasión, en medio de las dos, apenas un año y medio antes. De una manera morbosa terminó por sonreír. El doctor, que no entendía el motivo de la sonrisa, decidió no perseguirlo. Prefería terminar su idea, antes de perder el momentum. *Soy doctor, amigo mío. Mi vocación va más allá de meras conclusiones a priori, o de conjeturas con bases en el reino de la espiritualidad o la magia. He sido ateo en secreto toda mi vida, como la mayoría de los que estudiamos y leemos demasiado. Pero hay cosas en este mundo que desafían la lógica y las ciencias. Y, a mi entender, el hecho de que estemos teniendo esta conversación es una de esas cosas. Usted*

43

debió morir hace cuatro años. Y debió morir, de nuevo, hace cuatro días. El porqué es ciertamente lo que no entendemos, ni usted ni yo.

En ese instante entró Marta. Él se preguntó, desde la comodidad de su cama, qué fuerzas cósmicas estarían confabulando para colocar en el mismo punto a dos mentes que cuestionaban con similar pasión ambos extremos de un hecho del cual él era el protagonista. Ambos buscaban razones, el todopoderoso por qué. El por qué lo has hecho y el por qué no ha resultado como debía.

Marta, supongo que conoces al doctor López. El doctor la saludó educadamente; e intuyendo que la conversación había llegado a su ocaso, ofreció su despedida.

La conversación con Marta de hacía un par de días ya era cosa del pasado. Había entre ellos un aire más jovial. Sus charlas habían trascendido las barreras profesionales. Cada vez que podía, Marta entraba a hablarle. Al principio se había resistido a esta informal e inesperada camaradería, pero la mujer del pelo rojo no parecía notar sus malos humores, sus respuestas cortantes, sus momentos en que prefería callar, ignorándola como un niño malcriado. Poco a poco, y sin notarlo, fue cediendo ante su insistencia, y cuando se vino a percatar, ya se estaban riendo como chiquillos. A él le parecía una muchacha solitaria y de una ingenuidad asombrosa. Estudiaba medicina, pero trabajar y estudiar era cada vez más difícil. Su compañía era grata, y, como mujer, era atractiva. Pero no quería pensar en nada de eso. Hacía tiempo ya que había perdido toda esperanza. La vida se había encargado de demostrarle que guardarlas era lo peor que podía hacer un hombre. *Las esperanzas no son más que oportunidades para que el destino te golpee,* pensó casi con rabia. Además, ya se había jurado mantenerse lo más lejos posible del amor.

Sin embargo, no podía negar que algo peligrosamente parecido a la alegría se le metía en el pecho cuando la veía. Marta lo observaba. En tan poco tiempo había aprendido que él se iba de este mundo cuando pensaba. Sus ojos adoptaban un extraño resplandor, como un vidrio que fantasmalmente refleja tu rostro al pararte frente a él. Cada vez que veía esa expresión ausente en su cara, sabía que se había transportado a otra dimensión, a su propia dimensión, donde nada ni nadie más cabían, solo él, sus recuerdos y sufrimientos.

No paraba de preguntarse qué cosas tan horribles había vivido este pobre hombre que lo habían dejado tan desilusionado de la vida. Es difícil imaginar el sufrimiento de otra persona. Aún sin conocer los hechos, uno intenta adivinar qué pudo haber ocurrido, pero en realidad es un vano esfuerzo. El dolor solo lo conoce quien lo sufre.

A Marta también le parecía atractivo. Su piel oscura, sus ojos (que cuando estaban vivos parecían un gran lago acaramelado), su pelo crespo, sus labios amplios y varoniles, su sonrisa triste y su risa alegre. Marta entendía que también su sufrimiento era atractivo para ella. Estaba consciente de que siempre había sido del tipo protector. Le atraían las personas perdidas, desamparadas, quería cuidar de ellas, darles amor y esperanza. Desde el momento que lo vio, y supo por qué estaba allí, quiso conocerle, quiso poder salvarlo, sacarle esas terribles ideas de la cabeza.

Ya tienes un pie fuera del hospital, le dijo, pues se percató de que él había regresado de su trance y que la observaba con ojos curiosos. Era ella la que parecía perdida ahora.

¿Por dónde anda, señorita? Marta sonrió tímidamente, le dijo que no era nada. Conversaron por unos minutos, luego se levantó para marcharse. Ya era casi la una, y tenía que hacerle la ronda al señor Matías, un viejo loco y pervertido, que al primer descuido, le agarraba las nalgas a las enfermeras. Ambos rieron un poco y, luego, en el silencio que sucede a la risa, cuando en el libreto de la vida dice que debe haber alguna declaración, ambos pensaron en lo que pudo haberse dicho y no se dijo. Se miraron una vez más, comprendiendo que ninguno de los dos tenía el valor para hablar de lo que sentían. La última sonrisa, triste y derrotada, sirvió de adiós.

* * *

Era Febrero y las calles se vestían de cientos de colores. Febrero es, aparte de Diciembre, el mes más alegre del almanaque. Al principio del mes, las tiendas se visten de rojo y blanco para celebrar el día de San Valentín, los enamorados lo esperan con ansias para hacer fabulosos regalos a sus parejas y salir a algún restaurante a disfrutar de una cena romántica. Una semana más tarde salen los muchachos a las calles a ensayar los bailes tradicionales de carnaval. El 27 de Febrero se celebra el día de la independencia de la República Dominicana. Por tradición, el carnaval es la gran fiesta del pueblo. Docenas de comparsas desfilan en colorida algarabía a ritmo de merengue, bachata y salsa; y el pueblo se vuelca como nunca, unidos por el ambiente de alegría que abarca todas las almas. El gran carnaval es en el malecón, en la avenida George Washington, donde cientos de personas se disfrazan de sus personajes favoritos, fieles a las tradiciones. Algunos se convierten en diablos cojuelos, otros en Guloyas, indios o roba la gallina. A cada lado de la avenida, protegidos del sol por las centenarias palmeras, miles de personas se aglomeran a presenciar el espectáculo, desde donde ríen y aplauden a las hermosas y variadas comparsas, que representan las diferentes provincias y pueblos del país. Cada comparsa cuenta con un grupo de bailarines disfrazados acorde al motivo de la misma, y, desafiando el inclemente sol tropical, andan bailando y sonrientes de extremo a extremo las docenas de kilómetros designados al área de entretención en la amplia avenida.

Desde su habitación oía los tambores inconfundibles. Aunque no los veía, era fácil imaginar la escena: docenas de niños y adolescentes corriendo detrás de los *Mácaros*, bailando al ritmo de los tambores, que redoblaban intensamente, en ese estilo único e inconfundible del carnaval. Recordó inevitablemente otros carnavales. La memoria es un tirano. Un dios caprichoso que devuelve lo que quiere y esconde lo que le da la gana. A veces solo hace falta el *tum tum* de un tambor para devolvernos al pasado. A veces, por más esfuerzo que hagas, no consigues recordar ni siquiera un nombre. Y la memoria permanece en su trono sagrado, sabiéndose indispensable.

Recordó que el año anterior a la muerte de sus padres, Alicia, su madre, lo había vestido de diablito cojuelo. Era un disfraz hermoso, rojo y amarillo, decorado con espejitos redondos, cascabeles y campanitas de metal. La careta tenía forma de demonio, con grandes cuernos en las sienes, y dos más pequeños en la frente. Cuando la vio por primera vez, se echó a llorar del miedo. Su madre tuvo que explicarle de qué se trataba, decirle que todo era una gran fiesta de disfraces, que todos debajo de las máscaras eran personas como él, ella y su papá. Es increíble la paciencia y el amor con los que habla una madre.

Repicaron los carnavalescos tambores tras las paredes por unos minutos más y en la distancia se fueron apagando. Pensó en Marta. Pensó que no quería pensar en Marta. La mente rara vez confraterna con la conciencia antes que con el corazón. Había algo especial en Marta. Físicamente era una mujer atractiva. En buen dominicano, estaba buena. Pero no era solo eso. Había algo en la forma que le miraba, algo más que curiosidad, incluso algo más que atracción (pues a este punto ya estaba convencido de que había algo de eso, y no podía evitar cuestionar la cordura de la pobre muchacha), era algo más profundo, arraigado en su forma de ser, en su psiquis, algo que la hacía mirarlo de forma diferente a los demás; y al hacerlo, él entendía que ese algo no era provocado directamente por él, sino que nacía en ella, y desde ella se proyectaba.

Marta había preguntado por qué. Hacía años que no contestaba a la pregunta. No es que muchos le preguntaran, pero a veces, en esos momentos de paz que la vida otorga en una especie de falsa tregua, él mismo buscaba el por qué. Entonces miraba hacia atrás, haciendo un macabro recuento de todo lo que había perdido, de todas las personas desaparecidas de su vida, de lo poco que logró, y ya el por qué se le presentaba en forma de bofetada, escupiéndole, enfatizándole que era ineludiblemente un perdedor.

Le airaban esos pensamientos. Le enojaba no poder controlar la mente, no poder pensar en lo que quisiera, no poder evitar el retorno a esas imágenes de sí mismo que tanto detestaba. Había querido hacer tantas cosas: Quiso ser pintor, escritor; quiso ser alguien. Durante cierto tiempo, vio el mundo con otros ojos. Luchó contra los malos pensamientos, luchó contra el pesimismo que durante toda su adolescencia le ocupó; se esforzó por ser optimista. Quería creer que la vida podía ser menos cruel, que con esfuerzo, podría llegar a ser lo que deseaba, a tener lo que anhelaba, a conocer el éxito, a descubrir el amor verdadero y, finalmente, a construir una familia. Por un tiempo, pareció que había dado resultado. Consiguió trabajo, ingresó a la universidad y se concentró en su futuro. Nada de eso fue fácil. Sus credenciales, las veces que estuvo en cárceles para menores, le hicieron la vida difícil para conseguir trabajo. Sin embargo, lo consiguió.

Un buen hombre descubrió en su rostro (o quizás fue solo su imaginación), que en verdad quería rehacer su vida. Ese hombre le dio una oportunidad. Él se juró no defraudarlo. Fue contratado como maquinista en una empresa metalúrgica. Aprendió el oficio rápidamente, y se destacó entre sus compañeros por su disposición al trabajo. En su rostro era evidente que disfrutaba lo que hacía. Si bien no era el trabajo de sus sueños, ciertamente era algo que le hacía sentir útil. Razonaba que si podía hacer aquello, podía aprender a hacer cualquier cosa. El hombre que le ayudó, Don Pedro, que llevaba muchos años como encargado de una de las áreas de la empresa, lo motivó a retornar a la escuela. Ante los inevitables comentarios acerca de su pasado, Don Pedro le aconsejaba prestarle la misma atención que le otorgan a la gente los gatos cuando tienen la barriga *jarta*.

En los siguientes dos años, viviendo en un anexo en casa del buen hombre, terminó el bachillerato que había dejado en segundo año. En la fábrica escaló al puesto de asistente del supervisor, y recién cumplidos los veintitrés, ingresó a la universidad. Los cuatro años que vivió en casa de don Pedro fueron con facilidad los años más felices de su vida, exceptuando los años al lado de sus padres. En esos cuatro años logró más que en todos los demás juntos, y nunca antes, pensó, había sentido aquella plena sensación de que, en verdad, en el mundo había esperanza. En las noches, cuando llegaba de la universidad, completaba sus asignaciones, aquellas que no requerían que fuera a la biblioteca, y luego dibujaba hasta quedar vencido por el cansancio y el sueño. Algunas noches prefería leer. Don Pedro le prestaba los libros que quisiera de un enorme librero que orondo los mostraba. *Nunca olvides que los libros son el verdadero mejor amigo del hombre. En ellos quedan plasmados los pensamientos de hombres y mujeres que decidieron combatir al olvido. ¿Quiénes somos tú y yo para negarles ese derecho e ignorarlos? Lee, muchacho, lee, que esos que escribieron fueron mucho más sabios que nosotros.*

En aquel cuartito estrecho conoció al Quijote, a Ulises, al jorobado de Notre Dame, a Mobie Dick, y a Vito Corleone. Leyó poemas de Neruda y de Vallejo, fantásticos cuentos de Borges, y la magnífica historia de *Cien años de soledad*. En esos cuatro años aprendió de la boca y la sabiduría de su amigo que, *la límpida articulación del vocablo enaltece al orador... no hables más de lo necesario, no expreses todo lo que sientes, y, sobre todo, no hables de lo que no sabes; mejor escucha y aprende para que luego puedas hablar con propiedad.*

Gracias a aquel lector empedernido y a sus semestres de universidad, aprendió la importancia del lenguaje y se juró no volver a hablar como un inculto jamás. Para su sorpresa, esa fue una de las pocas promesas que mantuvo. De todas las cosas anheladas en esos gloriosos cuatro años, a lo único que no se acercó fue al amor: *y para eso*, pensó en algún momento de madurez, *ya habrá tiempo.*

Cursaba el tercer semestre de publicidad cuando, una tarde ardiente de verano, alguien descuidó su trabajo y una pala mecánica chocó con una plataforma en proceso de construcción. Docenas de vigas de acero volaron por los aires, matando a cuatro personas e hiriendo a otras veinte. Entre los muertos, con una expresión de terror y dolor en el rostro y con el cuerpo triturado, quedó Don Pedro.

Los abuelos queridos

Casi dos meses después de la muerte de sus padres, aún no asistía al colegio. Poco a poco iba desapareciendo el mutismo en el que se había sumido al principio y de vez en cuando sonreía con los dibujos animados. La abuela se encargaba de mimarlo con sus comidas favoritas y lo complacía prácticamente en todo. El abuelo, desde el sillón más cómodo del mundo, observaba y disentía en silencio. Un lunes en la mañana, el abuelo fue a su habitación. Sin rodeos, con el rostro transformado en una máscara de seriedad, le ordenó que se levantara, que era su día de regreso a la escuela. Se levantó sin decir una sola palabra y se metió al baño de prisa. Aún en el cuarto, Don Nicanor podía escucharlo llorar. Pensó lógicamente que el niño lloraba porque no quería regresar al colegio. Pero sabía que debía ser fuerte, mantener su postura, pues era lo mejor para el muchacho, y aunque ahora le molestara, en el futuro se lo agradecería. Lo que Don Nicanor no supo entonces, ni sabría, fue que él no lloraba por regresar a clases. Lloraba porque al hablarle de tal manera, él había visto de nuevo a su padre hablándole, y aún a su corta edad, fue de una limpidez abrumadora la revelación de que su padre, la verdadera autoridad de su vida, ya no estaba, y ya no volvería. Desde ese día las cosas cambiaron para bien.

De repente, como por arte de magia, la casa descubrió el color, las tardes se convirtieron en tiempos alegres, donde los tres disfrutaban al máximo de su compañía. Los abuelos, que entienden con una llana claridad el significado del concepto 'calidad de tiempo', aun cuando no tienen mucho tiempo en las manos, disfrutan con gran paciencia del juego con los niños. Ellos saben hacerse niños, se ponen a su nivel, y ya han vivido lo suficiente para estar en paz con las inútiles vanidades del hombre joven, con esa premura que gobierna a la vida. Es una pena que el alma y el cuerpo envejezcan al mismo tiempo. Si el alma envejeciera a un ritmo más acelerado que el cuerpo, a los treinta uno pensaría como si estuviera en los cincuenta o en los sesenta, y vería las cosas con más claridad, disfrutaría uno mucho más de esta alocada vida, y daría valor a lo que verdaderamente lo tiene.

Cada mañana el abuelo lo llevaba a la escuela en su auto. Era un Audi de los ochentas que el abuelo conservaba en inmejorables condiciones. Era de color plateado, con asientos color del vino, sumamente cómodos, en los que luchar contra el sueño se convertía en una tarea titánica. Camino al colegio cantaban las canciones de *Los Panchos*, del *Jíbarito de Lares* y *La Lupe*. Canciones antiguas y hermosas, cuyas letras él cantaba sin comprender su significado, y que a veces, el abuelo, complaciéndose más a sí mismo que a las improbables apetencias literarias o sentimentales del niño, trataba de explicarle lo que querían decir. Esas viejas canciones estaban recopiladas en un viejo casete, que el abuelo conservaba y cuidaba como a su propia esposa. Hacían además chistes relacionados con las personas que veían en el camino, y urdían toda clase de fantasías, algunas tan descabelladas que no podían evitar las carcajadas. Al dejarlo en el colegio, Don Nicanor lo veía adentrarse en la fila de niños, y sentía una fuerte nostalgia, una gran dicha, y una profunda pena, todas mezcladas en su pecho, disputándose el corazón.

A las doce y treinta lo recogía. Algunas veces, la abuela lo acompañaba, y se comportaban como tres chiflados en el pequeño automóvil. El camino les parecía más corto de lo que realmente era, y los viejos sabían que era el truco del tiempo. (Einstein fue un verdadero genio.)

53

Después del almuerzo, que tomaban todos juntos en la mesa ovalada, el abuelo dormía la siesta y la abuela fregaba los platos, mientras él veía la tele o jugaba con sus juguetes. Sus favoritos eran las figuras de acción, los muñecos. Inventaba toda clase de escenarios donde aquellos personajes de plástico, con cuerpos de Mr. Universo, armas espectaculares, y formas inimaginables, terminaban batallando hasta que, cansado de la monotonía, los abandonaba, otorgándoles una insospechada tregua, solo para irse a buscar otro tipo de entretención.

Con el crepúsculo casi siempre llegaba la melancolía. La hora más difícil era la hora de dormir. Su madre lo había acostumbrado a su presencia. Noche tras noche, ella se sentaba al borde de la cama y le contaba cosas. A veces eran cuentos breves, historias simpáticas que probablemente inventaba. Otras veces eran chismes del vecindario. Cosas que ella hallaba graciosas y que, creía, él olvidaría al segundo de cerrar los ojos. El asía la delicada mano, frotaba sus finos dedos, escuchándola. Entre sonrisas y una que otra palabra, se iba quedando dormido. La hora del sueño se había convertido en la hora despreciada. La mala hora de los recuerdos, de la tristeza aguda y taladrante. A su edad, entonces, era una bendición no conocer las palabras. Al no poder etiquetar lo que sentía, ese ácido dolor de la soledad, sin poder llamarle nada, ni razonarla, se hacía más sencillo de sobrellevar, de pasar al capítulo liberador del sueño, donde a veces le aguardaban lindas visiones, y otras, cosas ajenas a la esperanza.

En el mundo otra vez

Al abrir los ojos, el primer pensamiento fue que ese día se iría del hospital. Le había tocado hablar con la policía, llenar papeles, conversar y hacer citas con psicólogos y psiquiatras. Cuando terminó todo aquello, el doctor López le aseguró que le daban de alta, que estaba listo para rehacer su vida. No pudo evitar una sensación extraña al escuchar las palabras del galeno, como si entre cada palabra, otras aguardaran como tigres, esperando el momento preciso para atacar.

Sobre la mesita, sus ropas le esperaban, limpias y planchadas, obviamente otro regalo del ángel del pelo rojo. Marta le había dado su número de celular. Le había dicho, con gran nerviosismo y algo de vergüenza, que nunca le había dado su número a ningún paciente y que por favor no la malinterpretara. Le dijo que ella era su amiga para siempre. Sintió un estremecimiento al recordar que la pobre muchacha había salido corriendo de la habitación, claramente al borde de las lágrimas.

Ya podía caminar sin molestias. El doctor López le había informado, con su característico aire de *Stephen King*, que *milagrosamente*, todas sus funciones vitales estaban ya al cien por ciento. Le pareció curioso que el doctor le entregara su tarjeta personal, donde sus números de celular y de la casa aparecían escritos a punta de bolígrafo. Obviamente, esos no eran los números a los que tenían acceso los demás pacientes. Por un momento, aunque no le había parecido ese el caso, cuestionó las inclinaciones sexuales del erudito de la medicina.

Recogió sus escasas pertenencias. Para cuando Marta entró, ya estaba listo. Cavilaba al borde de la cama. *Me parece que tiene prisa en marcharse, caballero.* Ambos son-

55

rieron. *Es que ya me están botando.* Se limitaron a mirarse. *El doctor me ha preguntado por ti. Me parece que le preocupas, ¿sabes?* Su mente perversa le devolvió al pensamiento de unos minutos antes, pero sabía que Marta no lo había dicho en ese sentido. Aparentemente su rostro lo delató, pues Marta rompió en una carcajada de un leve tono burlón que a él le pareció gracioso. Para colmo, en ese preciso momento apareció el doctor, y no pudieron detenerse. Sus risas se oyeron en el pasillo, y algunos de los curiosos asomaron las cabezas velozmente. El doctor López seguía allí parado, sospechándose intuitivamente el blanco de aquellas carcajadas. *Veo que están bien los ánimos. Me alegro.* Dijo el doctor sonriente. *Todo está bien, doctor. Quisiera agradecerle sus atenciones. Y, por favor, le quiero pedir que le den un aumento a Marta, ¡se lo merece, eh!* El doctor sonrió, *estoy de acuerdo contigo. Todos los papeles están en orden. En unos minutos te traerán algunos documentos que te pertenecen y luego podrás marcharte. Dime algo, ¿qué piensas hacer? Aún no lo sé, doctor. Pero ya algo se me ocurrirá.*

Era fácil imaginar que cada uno había pensado si aquellas palabras se referían a otro intento de suicidio. Marta, mirando al suelo, quiso ocultar su miedo y su vergüenza. El doctor, que no apartaba su mirada de sus ojos, meditaba cosas que no se atrevía a convertir en sonidos. Y él, casi acostumbrado al escudriño, se preguntaba si volvería a ver a estas personas que, a pesar de su resistencia, de su determinación a no permitir que se acerque nadie a su corazón, lo habían logrado en muy pocos días. *No quiero hacer promesas que no pueda cumplir, pero sí me mantendré en contacto. Con eso pueden contar.*

Era hora de regresar a su realidad. Desde ya podía sentir el tedio de no ser nadie. Volver a la calle, a la vida sin recompensa, a la monotonía de noches y días incapaces de traer alegría, y, peor aún, incapaces de desvanecer esa miseria del alma que lo encogía, que lo limitaba a la servidumbre de circunstancias provocadas por sí mismo. No quería pensar en aquellas terribles cosas, no en el hospital, en este sitio sagrado donde había encontrado gente de otra capa, gente de corazón noble, de buenas intenciones, gente que a pesar de las durezas de la vida, contrario a él, no se habían dejado vencer, no se habían rendido. Seguían en pie de guerra, dispuestos a entregar en la batalla por ser felices hasta el último suspiro.

Miró a Marta y sabía que era solo ella. No había hallado a nadie más; era solo ella la que le había devuelto aquel asomo de esperanza. Y por eso, aparte y a pesar de quererla, también le temía a lo que ella implicaba. Volver al mundo arrastrando un ápice de esperanza era como adentrarse en la jungla con un pedazo ensangrentado de vaca al hombro. Las fieras allá afuera, el destino, la suerte, y el tiempo, a estas alturas del juego, hace años que han dictado las reglas. Y todas las reglas estaban en su contra.

Cuando muere la voluntad es inútil aferrarse a la esperanza.

El doctor los dejó solos. A pesar de estar a unos pocos pasos, recordó unas líneas de un poema de Jorge Luis Borges... *y el mar será una magia negra entre nosotros...* Pensó, *Ya la extraño.* Levantó la vista. Marta seguía allí, consumida por un silencio áspero y hondo. Su pelo, rojo como uno imagina la pasión, hurtaba la primera mirada. Luego descendía a los ojos, donde era fácil descubrir un aljibe de sinceridad, de bondad. Había ternura en ellos en aquel momento. Una ternura casi infantil que lo contagiaba. Nunca había sentido aquello. Nunca había conocido a una mujer que pudiera despertar en su corazón tan sublimes sentimientos. Nadie había logrado ser más que fuego, piel, deseo. Un puñado de fugaces placeres que no trascendieron las lindes del colchón. Marta sostuvo su mirada. En sus gargantas las palabras se hacían saliva, se las tragaban, las enviaban al esófago, desde donde inconscientemente esperaban que no pudieran resurgir. Muda, se acercó a él hasta que sus manos sin esfuerzo podían tocarse. Con valor que creía no poseía, le entregó un sobre. Él se quedó mirándolo en silencio. Lo escudriñaba como si se tratara de un arcano artefacto cuyo propósito le eludía. Ella, inconscientemente, todavía tenía la mano extendida, esperando quizás el roce que no llegó. Ambos sabían que aquel debía ser su momento. Nunca habían sabido nada con tan límpida certeza. Después de unos segundos, supieron otra cosa, quizás con la misma claridad: que el momento había pasado y que cualquier palabra o acción únicamente entorpecería la existencia de lo que se les antojaba perfecto, y ellos no se habían atrevido a macular.

Cuando Marta salió de la habitación, habiendo hecho gala de un último acto de valentía al acariciar su rostro con aquella triste gracia del que lo ha perdido todo, él se adentró en el silencio. Miraba aquel sobre, aquel contenedor de papel. Le asustaba pensar que algo tan frágil pudiera contener tanto su dicha como su pena. Lo que había allí, recluido del mundo, podía bien ser el infierno, bien podía ser la gloria.

Treinta y cinco minutos más tarde, el doctor López reapareció con un fólder y algunos papeles en él. El sobre de Marta seguía intacto, quemándole el corazón en el bolsillo de la camisa. *Aquí están los papeles que te dije. Quise traerlos personalmente porque quiero hablar contigo de algo importante y muy delicado. Pero creo que éste no es el momento. Me gustaría que nos reuniéramos en algún momento en esta semana.*

La mano extendida del doctor marcaba la despedida, pero él sabía que esperaba una respuesta. Estrechó su mano y le dijo que no había problema con eso, que tan pronto se ubicara, le llamaría. El doctor asintió y, ofreciéndole una sonrisa que a él le pareció sincera, se marchó.

Había algo que le estaba devorando el alma al buen doctor. No tenía nada que ver con cundanguería. Era algo importante y no podía dejar de pensar que quizás, aunque lo negara, tenía que ver con Marta.

Miró los documentos. Se sentían fríos en su mano. Abrió el fólder y escaneó cada uno rápidamente. Se sorprendió a sí mismo haciéndolo, y entendió que era una acción inconsciente, ni siquiera se había enterado qué eran todos esos papeles. A medida que se hacía inminente su salida del hospital, no dejaba de pensar en Marta. Una especie de fosa, fría y honda, se le había acuñado en la boca del estómago. Cerró el fólder, miró a su alrededor y, sin pensarlo más, salió por la puerta siempre abierta hacia el pasillo de las carreras.

Un paso a lo sobrenatural

La doctora Diana Mejía de López estaba en la cocina preparando café. Mientras subía, ella aprovechaba para recoger los libros que su esposo había dejado sobre la mesa, los lápices de colorear de Manuelcito, y un cuadernillo que ella no había visto nunca y que asumió sería de Luisa, la muchacha del servicio.

La greca anunció el café. En eso bajó el doctor, y abrazó a su esposa por la espalda; le dio los buenos días de nuevo. Se sentaron en el desayunador a degustar su café y hablaron de Manuelcito y las tareas. La doctora se quejó de los visitadores a médico, que cada vez eran más informales. El doctor corroboró su opinión. Cuando la doctora le iba a comentar algo sobre Luisa, sonó el teléfono. Ambos se miraron un tanto sorprendidos. Era inusual recibir una llamada tan temprano. La doctora se levantó y tomó el auricular. Aún algo sorprendida, le dijo que era para él, al momento que le pasaba el teléfono. *Buen día, doctor López a sus órdenes.* El doctor reconoció su voz de inmediato. *No hombre, no, no es molestia, si mi esposa y yo ya nos estábamos preparando para salir. ¿Cómo está todo?* La doctora seguía mirándolo con ojos inquisitivos. Negó él con la cabeza, intentando decirle que no era nada de qué preocuparse. La doctora no se movió de donde estaba mientras el café humeaba sigilosamente. *Por supuesto, sí, si te conviene esta tarde, entonces podemos hacerlo... claro... muy bien, yo sé dónde está, ¿a qué hora? Muy bien, muy bien, al medio día está bien. Ok, ok, hermano, cuídate y nos vemos al mediodía... Ok, ¡hasta luego!*

Un tanto pensativo, el doctor colocó el auricular en su sitio. Volteando hacia la madre de su hijo, le dijo: *llamada importante.* La doctora, que ya había terminado su café, le dirigió una mirada inquisitiva. *¿Recuerdas el tipo del*

60

que te hablé, el que intentó suicidarse dos veces? La doctora asintió. *Era él. Le di mi número a ver si se reunía conmigo. Nos vamos a juntar al mediodía.* Aunque trató de decirlo casualmente, la doctora notó un asomo de excitación en su voz. *Aníbal, ¿de qué cosas posiblemente podrías hablar tú con este señor?* El doctor le dedicó una sonrisa que ella conocía muy bien y que hacía mucho tiempo que no veía. *Es un secreto que develaré a su debido tiempo.* Se le acercó rápidamente, con algo de picardía, posó un beso en sus labios, sonrió de nuevo, y tomando su maletín, se marchó.

***

El parque Colón es uno de los lugares más frecuentados de la zona Colonial. Un sitio hermoso, lleno de historia y tradición.

La Catedral Primada de América, de roca maciza y rústica, de gran belleza arquitectónica, se erige en su centro como un titán. Sus enormes portones de madera parecen guardar, en sus adentros, el mismo cielo. Sobre sus cornisas, decoradas con elaboradas esculturas, cientos de palomas dan la bienvenida a los miles de turistas y locales que cada día visitan el parque. Frondosos árboles proveen frescas sombras, debajo de las cuales, en estratégicos bancos de hierro, las personas se escudan del sol.

Siempre hay niños correteando, turistas tomando fotos, vendedores tratando de ganarse la vida. Justo al frente de la gran catedral, una escultura de Cristóbal Colón, acompañado de dos indias, llama la atención de los peatones. Alrededor de la estatua, una especie de fuente sirve de tarima a los niños que corren sobre ella en círculos. A escasos metros, a la derecha de la gran estatua, un centenar de palomas rolan y asienten, vuelan y pican los alimentos que con gracia le tiran los visitantes. Un grupo de caballeros, en su mayoría cincuentones, observan una partida de Damas Chinas o *Tablero*, como le llaman popularmente, mientras otros leen sus libros, ausentes del mundo; y los poetas, laptops o cuadernillo en mano, descargan de inspiradas palabras sus almas.

Sentado en una de las mesas de una cafetería centenaria, lo halló el doctor. Leía el periódico con un ojo; con el otro observaba el mundo. Cuando vio al galeno, se levantó y estrechó su mano. No podía determinar si su sonrisa traicionaba la leve alegría de volver a ver a aquel hombre que, sin él mismo saber por qué, le inspiraba confianza. Las formalidades fluyeron velozmente. Comentaron trivialidades propias de los hombres. Por un momento, quien los viera, habría pensado que eran amigos. *Doctor, yo sé que usted es un hombre ocupado, así que no se preocupe por el protocolo. Dígame de qué se trata esto.* Era evidente la angustia en sus ojos. *Si estás preocupado porque crees que esto tiene que ver con Marta, por favor, no lo estés. Yo no sé nada de Marta que pueda herirte o alegrarte. A ella la conocí por medio a ti, ¿recuerdas?* Las palabras del doctor fueron como un gigante amigo que, viéndolo derrotado, levantó de sus espaldas el peso que le oprimía.

El doctor sonrió, *Me gustaría que hubieras visto el cambio que dio tu rostro. Creo que has encontrado el amor en el lugar que menos lo esperabas.* Prefirió no opinar. Los últimos tres días habían sido una tortura. La esperanza que sus sentimientos por Marta le imponían, luchaba campalmente contra sus constantes pensamientos de autodestrucción. Volver a la indomable soledad de la pensión; a la pobreza que le rodeaba siempre como una Boa a punto de destrozarlo; volver a la incertidumbre del día a día; a la convicción de que no era más que una lacra en la sociedad, era demasiado para él. Pero en medio de tantas cosas terribles, la luz escarlata de Marta, el recuerdo de su sonrisa, la indeleble sensación que su roce dejó en su rostro, trataban con gran insistencia de hacerle creer que aún quedaba vida. Y estaba pendiente el asunto del sobre. Aquel sobre que permanecía sellado, aquella caja de Pandora que él no se atrevía a destapar.

Un camarero se les acercó con cierto aire solemne, inquiriendo si deseaban algo de tomar o de comer. El galeno notó que ya había un café a medias en la mesa. Pidió una gaseosa. Pensándolo mejor, también ordenó un sándwich y le preguntó si le apetecía algo de comer. El camarero, que tenía el tétrico aspecto de un doble de Bela Lugosi, los miraba de reojo, con esa impaciencia característica del que a fuerza de complejos se escuda tras la falsa convicción de ser superior a los demás. *Gracias, doctor, pero no tengo hambre.* La versión dominicana de Nosferatu, haciendo gala de refinada educación, permanecía allí parado, esperando que aquellos meros mortales se decidieran al fin. Cuando quedaron en que solamente sería el sándwich y la gaseosa, el larguirucho *maître d'* emprendió la retirada, balbuceando palabras ininteligibles.

El doctor estudiaba el lugar mientras escogía sus palabras cuidadosamente. Había estado allí antes, solo una vez, cuando era aún un adolescente. Había salido con sus amigos a la biblioteca a investigar acerca de un trabajo escolar. Algunos decidieron bajar a la zona colonial a dar un paseo. Normalmente no se habría atrevido, pero entre los dispuestos estaba Verónica, una mulata que lo volvía loco. Ella misma le había invitado.

Se sonrió para sí. El lugar, con sus mesitas de hierro colado, pintadas de una degradación de verde que les otorgaban un aspecto añejo y duradero; sus altos ventanales decorados con blancas cortinas drapeadas; sus inmensos portones abiertos y desembocados a cada lado de la fachada; sus embellecidas cornisas detalladas con figuras presumiblemente renacentistas; y su accesibilidad desde cualquier punto de las calles el Conde y Meriño; poseía una belleza simple, pero incorruptible en el tiempo. Al ver el lugar, a su llegada, no pudo evitar su asombro, pues, a pesar de tantos años, la cafetería conservaba intacto ese donaire y atractivo que la habían hecho popular entre los caminantes de la zona. Más aún, sus propietarios habían acertado, contra lo que parecía el más juicioso pronóstico, en no alterar la sobriedad de sus instalaciones en lo más mínimo, indiferentes a las tendencias modernas. Por eso, al regresar, el visitante de antaño se llevaba la sensación de haber retornado, no a un exquisito y olvidado lugar en su memoria, si no al pasado mismo.

Aquella tarde de su juventud, mientras entre risas saboreaban un delicioso pedazo de tarta helada, se había mordido la lengua mientras que el corazón se le apretaba, pues la Verónica, sin prestarle la menor atención, se besuqueaba con Diego, el *tíguere* del grupo, a quien secretamente odió mientras le duró la adolescencia. Tres semanas más tarde, se había enterado que la Vero le había invitado aquel día a petición de su novio, porque sabía que él siempre tenía dinero encima y no vacilaría en darle lo que ella pidiera. Desde entonces le tuvo miedo a las mujeres.

He ensayado esta conversación un millar de veces. La he escuchado en mi mente con gran claridad. Me he proveído de tus respuestas, las he reconsiderado. He reformulado el planteamiento de lo que tengo que decirte, y he alterado tus respuestas en esta conversación nuestra que aún no se ha concretado, de acuerdo a las reformas que le he hecho al planteamiento, y lo he hecho tantas veces que he perdido la cuenta. A pesar de todo eso, sigo sin saber cómo explicar lo que pienso.

Lo miró a los ojos, pero no había nada más en ellos que curiosidad y algo de entretención. *Supongo que podría comenzar por darte algunas explicaciones científicas que justifiquen mis conclusiones. Pero eso no te ayudaría a entender. En realidad, solo sería un esfuerzo egoísta de no parecer demente cuando te explique de qué se trata todo esto, así que simplemente te diré lo que pienso, y luego, a partir de tu reacción, entonces entramos... veremos, lo que pasa.*

Estaba claro que lo que fuera, le estaba costando mucho trabajo al doctor sacarlo de sus adentros. Pero en verdad, por más que imaginara, no tenía la más mínima idea de qué se podía tratar aquello. *Doctor, estoy de acuerdo con usted en decir lo que sea de la forma más simple y más directa posible. Hágalo y no le dé mente, ya veremos cómo lo tomamos.*

Aníbal López sonrió. Su sonrisa fue como la de un niño, sincera e inocente. *Amigo mío, yo creo que usted no se puede morir.*

Aquello fue, sin lugar a dudas, una sorpresa. Las palabras provocaron dos sentimientos disímiles en su interior, tanto una sensación de ternura al saberse querido por alguien, y otra de desasosiego, por pensar que sus problemas siempre afectaban a terceros. Nunca se imaginó que el buen doctor le tendría tanto afecto como para tomarse la molestia de desprenderse de su valioso tiempo para salir a expresarle su preocupación en cuanto a su bienestar. Estaba conmovido. *Doctor López, se lo agradezco. En verdad aprecio esto. Gracias.*

Había más emoción en su voz de la que él habría querido dejar escapar. Al mirar al doctor a los ojos, se dio cuenta de que algo no estaba encajando en aquella conversación.

No entiendo. ¿Por qué me agradeces? Ambos se miraron en silencio, ambos esperaban una explicación de lo que había ocurrido. Y en sus ojos, ambos cuestionaban la cordura del otro... y la propia. *Disculpe, doctor. Le estaba agradeciendo el gesto de molestarse a venir hasta aquí para aconsejarme. Me parece algo que solo los amigos hacen. No podía imaginarme que mi vida valiera algo, por lo menos no lo suficiente como para que alguien importante como usted se tome la molestia de aconsejarme.* Supo que estaba repitiéndose. Lo que veía en los ojos del doctor, le empezaba a poner nervioso. Si este hombre no había venido a aconsejarle, entonces, ¿de qué se trataba aquello?

No, no... No me malinterpretes. Sí me importa tu bienestar. Pero creo que la magnitud de lo planteado es demasiada para la simpleza de la oración. Aunque me interesa que te mantengas con vida, lo que quise decir no fue que 'no debes morirte´, sino que 'no puedes morirte´.

El doctor, evidentemente ansioso ahora, esperaba que la totalidad de su idea penetrara libremente en el entendimiento de su interlocutor. Lo miraba con la descarada sencillez del que se sabe conocedor de algo y asume que es tan sencillo de entender que todos los demás deberían no tener problema alguno en hacerlo. Sin embargo, era evidente que tendría que elaborar, pues en aquellos ojos que le miraban atentamente, lo único claro era la incógnita.

¿No entiendes? Después de todo lo ocurrido, he estudiado tus papeles a cabalidad, he dedicado largas horas a descifrar el misterio de ti, a realizar pruebas, a descartar escenarios, a reinterpretar posibilidades... después de todo eso, he llegado a la única explicación, la única explicación que, ilógica en su naturaleza,

encaja lógicamente en este cuadro. Sé que es descabellado. Lo sé, no me mires así, porque creo que comienzas a entender... solo, solo escúchame y no juzgues lo que propongo antes de explicarlo... solo, permanece imparcial, objetivo, y déjame explicártelo...

El doctor se había transformado. Recordó al *Dr. Jekyll y Mr. Hyde*, y no pudo evitar la pena que le devolvió a aquellas noches de lectura en casa de Don Pedro. Miró al pobre doctor, que ahora imploraba con la mirada, mientras en vano trataba de decir la palabra que no se atrevía a decir. *Doctor... llámame Aníbal... muy bien, Aníbal, diga lo que tiene que decir y déjese de rodeos. Lo que sea no puede ser peor que morirse, y hasta para eso estoy dispuesto, así que al grano, amigo mío...* el doctor suspiró, demasiado consciente ahora de todo aquello. En su mente todo había encajado a la perfección. Innúmeras veces había sopesado los hechos, había hecho cálculos e investigaciones, había repasado aquella conclusión que en su momento parecía irrefutable, y que ahora, al borde de la articulación, parecía impensable que siquiera se atreviera a pronunciarla. Sintió que su frente se humedecía. Decidió que ya no había vuelta atrás:

Tú no te puedes morir.
Tú eres... inmortal.

El cumpleaños número nueve

Durante muchos años, cada verano, se instalaba en el centro de la ciudad un parque de diversiones. Era uno de los principales atractivos de la ciudad en esa época del año. Los padres, atormentados, hacían malabares para conseguir el dinero para llevar a sus hijos; y los muchachos, entusiasmados, contaban los días a penas sí conteniendo las ansias para que llegara el fin de semana. El parque contaba con grandes atracciones mecánicas: La mandarria, la estrella polar, el dragón volador, el toro bravo... Las filas eran inmensas. El ambiente estaba cargado de risas, ruido, música por doquier, niños correteando, saltando... Había hot-dogs, algodones dulces, sodas en vasos multicolores, pizza... El parque era una gran fiesta para la familia que ninguna familia se quería perder. Decenas de casuchas de madera pintadas de varios colores fungían como estafetas donde se vendían las comidas, golosinas y demás. En otras se compraban los tickets para las atracciones mecánicas, suvenires, peluches, gorras, y camisetas alusivas al parque o con mensajes de alegría y diversión. Había una casa del terror que era el sitio preferido de los más grandecitos, donde aprovechaban la oscuridad para robarse furtivos besos, siempre al acecho de la muerte sonriente con su guadaña o de algún hombre lobo pendenciero.

El parque era sin lugar a dudas el sitio ideal para celebrar su cumpleaños. Sus abuelos y el tío papito le cantaron *cumpleaños feliz* en el Audi y le regalaron una pelota de basquetbol que nunca usó, pero que conserva en la memoria como un tesoro invaluable. A veces, cuando la vida se hacía insoportable, se esforzaba por recordar cada detalle de aquella pelota, su redondez, envuelta en una piel que a él le parecía de culebra, deco-

68

rada con negros y encorvados canales que la rodeaban por completo. Un pequeño logo, que a veces se le imposibilitaba recordar claramente, anunciaba con cierta arrogancia que era una pieza original. Unos garabatos que jamás entendió, presumían que era la firma de Michael Jordan. Cumplía nueve años aquel sábado y no le cabía mayor felicidad en el pecho.

Rápidamente había hecho amigos entre las filas, con esa facilidad de interacción que solo los niños poseen. De vez en cuando volteaba sonriente a ver a sus abuelos. El tío papito le llevaba dulces y refrescos, que engullía sin siquiera saborearlos, impaciente por montarse en la próxima atracción, con la ansiedad propia de su edad, que todo lo apremia, que lo hace querer todo a la vez, convenciéndolo de que el momento era único e irrepetible, que había que aprovecharlo a cabalidad. Increíble como a esa edad son tan llanas las cosas, tan claras, tan distantes de las complejidades de la adultez.

En algunos de los juegos, el tío papito accedió a acompañarlo, pero en la mayoría subía solo, o con los amiguitos fugaces que hacía en una fila, a quienes olvidaba luego al moverse a la siguiente. En cada juego, al iniciar la larga cola, le insistía brevemente a los abuelos para que se montaran con él, oferta que los abuelos declinaban con tiernas sonrisas y vagos movimientos de manos. Cuando llegaron a la gran estrella, una enorme rueda con cabinas cuadradas y un asiento para cuatro, la abuela sintió algo de nostalgia. Recordó que muchos años antes, en su pueblito natal, una versión menos sofisticada del parque de diversiones siempre visitaba durante el verano y parte del otoño. De todos los juegos, era la estrella, que se prestaba al anochecer para platónicos encuentros románticos, el único que siempre le había llamado la atención.

Como en cada línea, los había mirado con ojos agigantados, suplicando que se montaran con él. Ya el abuelo iba a decir que no cuando la abuela, tomándole de la mano, le miró con la nostalgia y la ternura que la embargaban. Halándolo suavemente, lo invitó a complacer al niño, quien viendo la acción, saltó de júbilo. El abuelo, que había visto en los ojos de su amada esposa algo más que el deseo de complacer al niño, accedió sonriente. Ya se había detenido el pequeño funicular frente a ellos y todos en cuanto lo vieron quedaron sorprendidos con lo que consideraron una casualidad: les había tocado precisamente el número nueve. El tío Papito sonriendo dijo que ese era el número de la suerte, mientras el abuelo, notando que cabían cuatro personas, convidó a su buen hermano a acompañarlos, como la familia que era. El tío papito se montó y de inmediato entonaron el *Cumpleaños feliz*, a medida que la gran estrella iniciaba su movimiento. Fue un momento espectacular. Agarrados de las manos, disfrutaron de la increíble vista. Desde el punto más alto, podían ver la ciudad, los enormes edificios, los árboles eternos, y el movimiento intrínseco del pueblo atendiendo a sus vidas. El abuelo, sorprendido de su propia capacidad de disfrutar aquello, sonreía alegremente, mientras apretaba la mano de su mujer, y daba las gracias a Dios por haberlo guiado a tomar las decisiones correctas.

Sus pensamientos de agradecimiento cesaron abruptamente cuando sintieron el primer jalón. *¿Qué fue eso?* Fue la única expresión coherente que escucharon durante los próximos cuatro minutos. Lo que salió de sus bocas a partir de ese momento fue solo gritos, gritos ensordecedores, y miedo, muchísimo miedo.

A parte de la gran rueda que sostiene los funiculares o carritos, la gran estrella cuenta con dos especie de columnas que sirven de sostén para la misma. Después de la tragedia, la investigación preliminar concluyó que el complicado sistema de tuercas y agarraderas que sostenía la rueda había colapsado, probablemente por falta del debido mantenimiento. El lado izquierdo de la gran estrella cedió al peso y al movimiento, las tuercas se rompieron, desatando las cadenas de acero que sostenían la base de los funiculares. El desequilibrio llevó a la ruptura de las cadenas del lado derecho y la gran rueda hizo lo propio... rodó, matando catorce personas e hiriendo de gravedad a las restantes veintiséis.

***

Cuando abrió los ojos en el hospital, volvió a ver al hombre misterioso del funeral sentado en un sofá azul, mirando en la televisión algo que tenía que ver con un desfalco a un banco. Quiso cerrar los ojos antes de que se diera cuenta de que estaba despierto, pero lo pensó muy tarde. Aquel hombre lo miraba fijamente. Había algo familiar en su mirada, pero también algo que lo asustaba. Era la mirada inhumana que tienen los gatos en la oscuridad: peligrosa e indiferente.

Luego se enteraría de que aquel tenebroso hombre era su otro abuelo. El papá de su mamá.

***

La investigación llevada a cabo por el departamento de inteligencia de la policía nacional determinó que hubo negligencia de parte del parque de diversiones en el mantenimiento de la maquinaria que colapsó. La tragedia ocupó los titulares por alrededor de una semana. Luego, como todas las cosas, se fue olvidando paulatinamente. Para alivio de los padres y tristeza de los niños, el parque fue suspendido indefinidamente. Se comentó que había sido demandado por sumas millonarias por parte de las familias afectadas. Según el jefe del departamento de inteligencia, Coronel Rodrigo Rodríguez, el primer funicular en estrellarse, sobre el cual recayó todo el peso del primer impacto, había sido el número nueve.

Uno de los cuestionados en la investigación, Rodolfo Ledesma, un señor cuarentón con cara de gánster y cuerpo de pingüino, que fungía como seguridad del parque, se había mostrado incrédulo al escuchar, en una conversación que nada tenía que ver con él, que hubiera sido el carrito nueve. Cuando el oficial le preguntó el por qué, consciente de que toda opinión contaba en situaciones de aquella naturaleza, aún si provenían de un tipo con cuerpo de pingüino, el susodicho contestó con aire filosófico: *de haber sido así, que el carrito nueve hubiera recibío el peso completico, entonces naiden se hubiera salvao, y yo mismo al primerito que saqué de los escombro fue a un muchachito del carrito nueve.*

72

La estrella estaba sola. Solo ellos ocupaban el carrito número nueve. Había vasos desechados en el piso, papeles grasientos, manchas negruzcas y viscosas. Un diminuto ratón roía algo entre sus terribles garras, era un dedo. Dos hombres vestidos de negro lo miraban con ojos endemoniados, susurraban cosas que desde donde él estaba no podía escuchar. A su lado, sus abuelos cantaban en un idioma que él no podía entender, y sin embargo, sentía una necesidad enorme de atender a aquella canción, como si al distraerse pudiera perder el significado de algo sumamente valioso. A su izquierda, sentía la presencia de alguien que él asumía era su tío papito, pero por más que lo intentaba, no lograba voltear a verlo. De repente, sintió un fuerte estirón. La estrella había arrancado y podía escuchar carcajadas, muchas carcajadas. Era como si una multitud estuviera riendo en sus oídos. Intentó llevarse las manos a las orejas, pero no podía. Su abuela agarraba su mano derecha con demasiada fuerza mientras que la otra persona, a quien no lograba ver, solo sentir su presencia, le agarraba la izquierda, y el ruido de aquellas carcajadas era cada vez peor, amenazaba con romper sus tímpanos. Trató de pedirle a su abuela que lo soltara, pero ella no le escuchaba, seguía mirando al abuelo, ambos con tétricas sonrisas en sus rostros, que por alguna razón parecían los rostros de dos maniquíes animados. Y aún sonrientes, no dejaban de cantar aquella extraña canción. Forcejeaba para soltarse y gritaba a todo pulmón que tenían que salir de allí, que la estrella se desplomaría. Gritaba con todas sus fuerzas, pero no dejaba de luchar contra las manos que le aprisionaban. Nadie le escuchaba. No había nadie más en el parque. Los hombres de negro seguían allí parados, eternamente susurrándose al oído y mirándole con rabia, acusándole con sus ojos de algo terrible. Cuando menos lo esperaba, la rueda se desencajó. El estruendo lastimó sus oídos aún más que las malditas carcajadas. Sintió que el estómago se le revoloteaba. Sintió la gran rueda caer. Caía, caía a gran velocidad, y al ver los rostros de sus abuelos, sintió un pánico mayor que el de la muerte:

sus abuelos le miraban ahora, las deformadas sonrisas en sus rostros otorgándoles algo de demencia, y aunque sus labios ya no se movían, sus voces seguían cantando aquella incomprensible canción. Pero el verdadero terror salía de sus ojos. Sus miradas eran las mismas de los hombres de negro. Eran miradas maléficas, miradas que lo acusaban de algo casi satánico, de algo que él no lograba descifrar. Entonces rompió a llorar. Sus lágrimas, en vez de caer por sus mejillas, se elevaban al cielo, las podía ver acumularse en el techo del funicular, como un lago de pena y de horror. Ya no quería mirar a sus abuelos, pero sentía su mirada en su rostro como cuatro puntos de fuego, y la mano de la abuela no le soltaba. La rueda seguía cayendo, la expectativa del impacto le arrugaba el corazón de miedo. Repentinamente, las carcajadas cesaron, su mano izquierda fue liberada. Sintió que podía voltear a ver a su tío papito, pero ahora sentía miedo de hacerlo, un miedo indomable. No quería encontrar en sus ojos lo que había en los ojos de sus abuelos. Sintió que no lo soportaría. La velocidad de la caída le tenía el corazón en la boca. Miró a su lado, a donde esperaba ver a su tío, pero en su lugar, para su horror, el tío no estaba. Eran los hombres de negro. Y sintió inequívocamente la fuerza acusadora de ocho ojos sobre él, ocho ojos que lo odiaban. Entonces, como si siempre hubiese sido así, entendió el significado de las palabras en la canción que sus abuelos cantaban como ventrílocuos del infierno: uno, dos... la rueda se rompió, tres, cuatro... silencio en el carro, cinco, seis... al colegio otra vez, siete, ocho... muerte en carro 'e concho, ahora nueve... la muerte se devuelve. Los hombres de negro negaban sus cabezas, sus abuelos miraban ahora hacia el techo, sus ojos llenos de lágrimas, pero sus horrendas sonrisas seguían intactas, mientras la diabólica canción le taladraba los sentidos. Los hombres de negro agarraron su cabeza y lo forzaron a mirar hacia arriba. En el lago de lágrimas que se había formado en el techo, yacían silenciosos y sucios los cinco féretros: su padre, su madre, su tío papito y sus abuelos...

Gritó al despertar. Sudaba. Sintió dolor en todo su cuerpo. Una enfermera llegó de inmediato y le pidió con dulzura que se calmara. Habían pasado ya cinco días desde el accidente del parque. Algunos reporteros habían pasado por allí. Querían entrevistar a los sobrevivientes, pero el niño no permanecía despierto por mucho tiempo. Las enfermeras, hartas de aquellos metiches, nunca les informaban cuando se despertaba. Una señora, que había estado en coma desde la tragedia, había muerto el día anterior. Otra, de unos treinta y tantos años, parecía que sobreviviría, aunque ya se le había tenido que amputar una pierna.

Mientras la dulce enfermera le hablaba, contándole cosas triviales, intentando en vano evitar que pensara en lo sucedido, vio de nuevo los ojos de su abuela. Cuando escucharon el estruendo, ella se había lanzado instintivamente sobre él, sus manos cubriendo su pecho y su cabeza, su cuerpo casi sobre el suyo. Había oído al abuelo gritar, también a su tío. Había querido gritar también, pero todo sucedió tan rápido que el grito se trabó en su garganta. La abuela no gritó. Ella se enfocó en protegerlo. Cuando la estrella alcanzó el suelo, se apoyó en ellos. Cayeron bocabajo, el asiento presionando sus cuerpos con fuerza titánica. Como en un flash, llegó a ver las gruesas vigas de hierro doblarse como canquiñas, su pobre tío en medio de ellas, con tanto miedo y horror en su rostro. Antes de que la rueda chocara con el edificio, antes de finalmente desplomarse hacia la derecha y caer definitivamente sobre el abuelo, a quien la inercia quiso escupir hacia fuera, se desmayó. Pero no antes de ver los ojos de su abuela, entre una vuelta y otra, sintiendo las náuseas en su garganta, llenos de miedo, pero también de algo mucho más fuerte: de amor. Antes de perderla para siempre, la vio sobre sí, protegiéndolo con el último soplo de su vida.

Cuando se percató de sí mismo, se dio cuenta de que tenía yesos en ambos brazos y en su pierna derecha y no entendió cómo seguía vivo. Una especie de faja cubría su torso; hasta respirar le dolía. Cerró los ojos, dispuesto a dormir de nuevo, con tal de no vivir aquella realidad desastrosa. No tenía que preguntar por su familia. Estaban muertos, no le cabía duda. Pensó que apenas acababa de cumplir nueve años y ya sí lo había perdido todo en la vida. Dos lágrimas rodaron por sus mejillas y pudo sentir, ya entre sueños, la mano de la enfermera cuando las secaba. Quiso decirle que se fuera, que él no merecía su bondad. El sueño estaba claro: él los había matado a todos.

Otras Teorías

Acostado, el doctor López miraba hacia un punto fijo en el espacio. En realidad, su mirada se ahuecaba desde el marco de sus ojos y se perdía en el umbral del pensamiento.

Incluso sus pensamientos estaban pasando por un estado de anarquía. En noches como aquella recordaba su niñez e inevitablemente también aquel terrible escándalo de su padre que los había hundido en una aborrecible etapa de vergüenza a su madre y a él. Hacía ya tiempo que se había reconciliado con su progenitor, pero las heridas del alma se toman toda la vida para sanar. Cuando menos lo esperaba, aquellas cicatrices recrudecían: el dolor revivía por dentro como el primer día.

Su padre, el doctor López Sr., había sido uno de los más respetados profesionales del área. Su trayectoria había sido la envidia de muchos y el orgullo de muchos otros, quienes al venir de abajo, como él, le veían como un estandarte, un ejemplo a seguir.

Cuando aquellos auditores gubernamentales sacaron a la luz lo que claramente era una estafa millonaria que tenía que ver con la venta ilícita y masiva de medicinas, él había estado en primera fila. Aníbal tenía entonces trece años. Al principio, la familia había permanecido unida. El doctor se defendió; negó cualquier vinculación con aquello. Pero los que le acusaban parecían ensañados con él; sacaron pruebas de los más recónditos rincones. En el proceso judicial, abrumado por las pruebas, no le quedó otra opción que declararse culpable, como le habían aconsejado sus abogados, aconsejados a su vez por los ocultos rostros de la gente en el poder que

77

habían hecho posible las operaciones irregulares. El tiempo que permaneció preso fue ínfimo, lo que nueva vez resultó en un escándalo de proporciones mayúsculas y de índole cirquera. Las influyentes y anónimas amistades del doctor López Sr. habían cumplido con su palabra política: si él se declaraba culpable y no echaba a nadie más al calabozo, lo sacarían en menos de lo que cantaba un gallo.

Lo que no pudieron hacer por él, sin embargo, fue devolverle su vida previa. Desde que salió de la cárcel, todos sus amigos, colegas, incluso ellos, su mamá y él, le dieron la espalda. El doctor se había quedado totalmente solo en su mal habida libertad.

Trató de dormirse. La noche aullaba tristezas en cada vuelta de viento. Sin esfuerzo imaginaba en las calles a los que, como su padre, habían quedado desahuciados a una soledad inconmensurable.

Una caravana de personajes y lugares, de conjeturas filosóficas y de citas bíblicas, danzaron de repente en su mente. Desfilaban sin ton ni son, aleatorias, desde el Conde Saint Germain, pasando por Lestat de Lioncort, Jesús de Nazaret, hasta el conde Cagliostro. Por el momento pensaba en Gilgamesh, el rey semi-dios de Uruk, que al presenciar la muerte de su amigo Enkidu, decide ir en busca de la inmortalidad.

Gilgamesh, había decidido el buen doctor, era un tipo interesante. Según las tabletas que describen su historia (que estadísticamente comprenden las formas de escritura más antiguas que existen), el rey había sido un guerrero de cinco metros, de fuerza descomunal, tres cuartos dios y un cuarto hombre. El pueblo de Uruk, cansados de su opresión (Gilgamesh había impuesto leyes tiránicas: como, por ejemplo, acostarse con las recién casadas en la noche de bodas), pide ayuda a los dioses, quienes, accediendo, crean un ser salvaje al que nombran Enkidu, quien ha de servir de distracción al rey. Enkidu y Gilgamesh se enfrascan en una larga pelea que el rey gana. Sin embargo, contrario a los pensamientos del pueblo, los dos titanes se hacen amigos. Gilgamesh, envalentonado y ansioso por probar la fuerza de su alianza, convida a Enkidu para enfrentarse a Humbaba, el monstruo guardián del bosque de los cedros, a quien, a pesar de sus miedos iniciales, logran vencer. La diosa Ishtar, que se siente atraída hacia Gilgamesh, se le presenta con intenciones pasionales, pero el rey rechaza sus insinuaciones, lo que desata su ira. Ishtar, con la renuente ayuda de su padre, Anu, envía a Gugalanna, el toro del cielo, a vengar su dignidad herida. Pero el rey y el salvaje Enkidu, sin ayuda divina, logran vencer a Gugalanna, cuyo corazón es ofrecido a Shamhat. Los dioses, ofendidos por esta nueva afrenta (los dioses no aprueban de que los humanos sean capaces de valerse por sí mismos), deciden castigar a los transgresores. Gilgamesh, tal vez por ser de sangre divina, es perdonado; no así Enkidu, quien es condenado a morir enfermo, sufriendo una larga y lenta agonía. Gilgamesh, angustiado y airado por la muerte de su amigo, no quiere morir, y decide ir en busca de Utnapishtim, el inmortal, que vive al final de la tierra, cruzando el mar de la muerte, para que este le dé la clave de la inmortalidad.

Después de matar leones, hombres de piedra, y de cruzar el mar de la muerte, del cual una sola gota puede desatar la destrucción total, Gilgamesh encuentra a Utnapishtim y le cuenta lo ocurrido. Utnapishtim, acongojado, le explica que su búsqueda es infructuosa, ya que los dioses han repartido a su antojo los dones, quedándose para sí la vida eterna y otorgando a los hombres la finitud que da la muerte.

Gilgamesh, aún no convencido, cuestiona al inmortal acerca de su don. Este le explica que el dios Ea, habiéndole confiado que un diluvio destruiría el mundo, le instruyó construir un bote enorme para él y su familia, y salvar también una pareja de cada especie animal. El dios Enlil (instigador de los otros dioses para lanzar el diluvio), después de ser reprendido por Ea y los demás dioses, quienes quedaron entristecidos por la devastación, bendijo a Utnapishtim y a su mujer, y les otorgó el don de la vida eterna.

Gilgamesh, murmuró el doctor, *¿Qué es la inmortalidad?*

Su mujer dormía tranquilamente a su lado. El silencio de la habitación era casi absoluto. En la penumbra, las conocidas siluetas de los objetos cobraban difusas formas. La camisa y el pantalón colgados de la puerta del closet eran ahora un hombre oscuro, quieto y misterioso. *Me siento Tú, Gilgamesh de Uruk. Me siento burlado por todas estas cosas. Creo que he encontrado mi Utnapishtim en pleno siglo veintiuno.* Sonrió con pesadez, al tiempo que negaba levemente con la cabeza. Se resistía a creer que había sucumbido a la tentación de aquella teoría. Era una cosa creer en algo y otra muy distinta hacer pública esa creencia. Desde la reunión, no había podido dejar de pensar en él y en la sensación de ridiculez que sintió en el momento de articular sus pensamientos. Pensó que así debían sentirse los apóstoles al hablar de los milagros del hijo de Dios. Imaginó lo que sintió Pedro ante la constancia de la muerte. Es fácil juzgar. Decir, Pedro negó a Jesús, ¡Qué bárbaro! Pero no es fácil apoyar una ideología que a todas luces te llevará al abismo.

A sus espaldas, su mujer se movió, él volteó a mirarla. Así, dormida, parecía una niña que precozmente se inclinaba a la adultez. *He sacrificado todo esto.* Pensó con pesar. *Lo arriesgué todo.* En su pecho, esa aprehensión le provocaba una leve, pero molesta sensación de asfixia. Como si allí, en su corazón, algo le presionara, inclemente. En la seguridad de su hogar, la desesperación que había sentido entonces parecía algo sacado de una novela que poco tenía que ver con él. Era más una ficción; no algo que él había vivido. Pensó que quería dejar atrás esos días, borrarlos para siempre. Sabía con amarga certeza que no era posible. A pesar de sus convicciones, sabía que por más descabellada que fuera la idea de la inmortalidad, todas las vías lógicas de su pensamiento se hallaban desafiadas por ella. ¡Eso era lo más desconcertante! Por más ilógico que pareciera, era precisamente porque sistemáticamente había agotado y descartado todos los caminos lógicos para explicar el porqué de esta 'incapacidad' de este hombre de morirse; que la teoría de la inmortalidad lo había envuelto en sus quiméricas redes. *No es posible ingerir esa cantidad de veneno y sobrevivir. No es lógico. No es posible ahorcarse, así, y no morir.*

Involuntariamente pensó en la Turritopsis Nutrícula, y, fugazmente, en Wolverine. Lo que había sucedido era necesariamente un caso de sanación acelerada. Como la medusa o el personaje del cómic, los órganos lastimados descubrieron la forma de acelerar el proceso de curación a por lo menos diez veces lo que normalmente les toma, logrando así burlar la atrofia absoluta, por ende, la muerte. *La Turritopsis ha descubierto la forma de revertir su proceso de envejecimiento, devolviéndose a un estado de pólipo, virtualmente a una nueva juventud.* Pensó. *Si logra que este proceso pueda ser interminable, alcanzaría así la inmortalidad.*

El doctor López sabía también que aún convencido de que estaba en lo correcto; aún convencido de que aquel hombre poseía sin saberlo el poder de curar su cuerpo a una velocidad casi sobrenatural, entendía también que era imposible perseguir el asunto. Primero porque no tenía formas viables de probar su teoría sin arriesgar la vida de su amigo o su propia reputación. Segundo, porque (entendía) el mundo no estaba aún preparado para un ser inmortal. *Pero no son solo estas seculares cosas,* Pensó, *La paz de mi mujer y mi hijo está en juego. Me apasiona, como hombre de ciencias, lo que promete un descubrimiento de esta magnitud, pero no se me escapa lo vertiginoso de la caída si todo esto resulta ser un fiasco.* Se hablaba a sí mismo en su pensamiento, como intentando convencerse de que no había otra opción. *Lo primero es que él no se prestará para intentar probar su inmortalidad, que sería, también, probar su mortalidad. Obviamente, hay demasiado en juego. ¿Por qué habría de creer algo tan fantástico, de todos modos? ¿Por qué arriesgar su vida?* Recordó su reacción y le avergonzó recordar. *No debí decirle nada. Eso fue inmaduro e irresponsable de mi parte. ¿En qué estaba pensando? Por supuesto que reaccionaría así, cualquiera habría reaccionado de la misma manera. ¡Nadie está preparado para escuchar semejante fantasía! No te puedes morir. Eres inmortal. Sí, vas a vivir para siempre.*

Esta vez por poco y se ríe. Esperaba que para entonces ya estuviera cayendo en los brazos de Morfeo, pero no sentía sueño. Recordó que en la universidad, en Filosofía 011, el profesor les había asignado un trabajo de investigación acerca del significado de la inmortalidad y sus diferentes interpretaciones. En aquella clase, de jóvenes astutos y dedicados, escuchó ideas interesantes acerca del tema en cuestión. "La inmortalidad", escribió Nomar Portela, un muchacho alto y de tez clara, que también terminó siendo médico, "es probablemente la más ansiada de las fantasías del hombre y también una de las primeras. Desde que el hombre obtuvo conciencia de su mortalidad, se ha aferrado a la idea de extender su vida, de evitar la muerte. Al entender que la inmortalidad física es virtualmente imposible, el hombre ha encontrado refugio en la religión, promotora principal de la inmortalidad del espíritu, la denominada *Vida Eterna*".

Yariel Hernández, un muchacho brillante de un paraje de Cotuí, elaboró: "En la desesperación de entender nuestra propia finitud, de pensar que dejaremos de existir, de ver, de amar, de sentir, de disfrutar... hemos confabulado con nuestro cerebro, nos hemos casi infantilmente planteado una posibilidad irrisoria como si fuera viable. La inmortalidad, condescendiendo a admitir la más remota posibilidad de su logro, no es la gloria imaginada. Si bien nos presenta, en inicio, con la solución al problema del cese de la vida, nos presenta también con otros problemas en los que, en el delirio que implica vivir sin morir, pocos reparan. Vivir sin el temor de dejar de vivir suena fascinante, pero no es tan sencillo. Habría que definir si esta inmortalidad, esta 'capacidad perenne de evitar morir' también implica dejar de envejecer. Nada apunta a esto. Una cosa es no morir jamás, otra muy distinta es 'adquirir' esta facultad y además adquirirla en el momento exacto que nos permita mantener hasta la eternidad nuestra mejor apariencia física, nuestra eterna juventud, nuestra salud. Nada indica que la inmortalidad sea algo que se pueda lograr; por ende, es aún menos probable que se pueda, no solo prolongar la vida indefinidamente, sino además poder hacerlo sin perder ningún tipo de facultad física o sensorial".

Uno de los muchachos, cuyo nombre no recordaba, también había aportado: "Imaginemos entonces una vida inacabable. Estamos hablando de docenas de años en indefinida sucesión. ¿Han visto el cuerpo de un hombre de ochenta años? Habría que establecer si la inmortalidad es la capacidad de no morir o la 'incapacidad de morir'. La primera denota una facultad, algo que el cuerpo ha adquirido o asimilado que evitará o detendrá el proceso natural de morir. La segunda es más bien una falla en el organismo que, al alterar los procesos biológicos normales, necesariamente ha alterado el resultado definitivo de dichos procesos, ergo, la muerte. Basta un simple cambio para alterar o evitar el resultado de una operación común. Habría que decidir si la facultad de no morir incluye entonces razones externas. Es decir, alguien podría ser inmortal, según las definiciones arriba mencionadas, pero ello se limita a los procesos internos del cuerpo. Estaríamos hablando de otro tipo de inmortalidad si nos planteamos un nuevo escenario: ¿podría el hombre ser inmune a traumas provocados por agentes externos? Otra lógica, si se quiere, entraría en juego, al igual que otros conceptos, tales como la invulnerabilidad, la regeneración acelerada, etc."

José Dalmau, o Dalmoi, expuso que el hombre encontrará eventualmente la forma de prolongar la vida. "No sé si lo hará indefinidamente", dijo, quizás preocupado, "pero sí sé que viviremos por más tiempo. La inmortalidad en sí, como erradicación de la muerte, no creo que sea algo que veamos alguna vez. Creo que pertenece al mundo de las fantasías, junto al Uqbar de Borges o al Valhalla de Odín. Pero creo que al final, si se piensa bien, tampoco es tan apetitosa la idea de vivir por siempre. Imagina el mejor de los escenarios: eres eternamente un hombre que en apariencia tiene, digamos, treinta años, aunque en verdad ya hayas cumplido los noventa y tantos. ¿Qué pasa entonces con las personas amadas? ¿Tu esposa, tus hermanos, tus tíos, padres, hijos? ¿Qué pasa con tu mejor amigo? ¿Con tu perro? ¿Cómo mantienes tu vida social si eres por siempre el mismo? ¿Cómo lo explicas? Todas las personas amadas, tarde o temprano, morirán. Imagina entonces vivir sabiendo que nunca establecerás una relación en la que no tengas que ver a esa persona perecer. Imagina el tamaño de esa soledad. Y aún en las cosas seculares, tan sencillas como la vivienda. ¿Cómo podrías seguir viviendo en el mismo lugar por siempre? Todos notarían que no envejeces, que no te enfermas, que mientras todos mueren, tú sigues de fiesta en fiesta, o podando el césped, o jugando dominó".

Se fue quedando dormido mientras recordaba aquellas cosas. Atrapado en las llanuras del paisaje onírico, no atinó a pensar cosas coherentes. Estaba cansado. Con el mínimo de conciencia, tomó la sábana y se arropó hasta el cuello. Al otro día no recordaría lo que soñó.

Marta

Desde que tuvo uso de razón, ir a la escuela había sido para Marta poco menos que una odisea. Le encantaba estudiar, pero habría preferido hacerlo en su casa, en privado, para no tener que enfrentar las constantes burlas de los demás niños, y hasta de algunos profesores inconscientes. Había sido su pelo. Después de unos años, ya había perdido la cuenta de los odiosos apodos que tan abusivamente le profirieron. Algunos se habían adherido a su mente como sanguijuelas: langosta, Marta la roja, Rabo de candela, rojita, Red Sonja, reformista frutrá... Ninguno le causaba gracia. Aunque raras veces discutía, acudía con frecuencia a los coordinadores de la escuela, y hasta a la directora, buscando en vano que alguien pusiera un alto a la situación. En una ocasión, ya cansada de lo mismo, doña Nieves, la coordinadora principal, le dijo que ya estaba bueno de ñoñerías, que en la vida había vainas más importantes a qué darles mente que a unos payasos poniendo nombres.

Ese día llegó llorando a su casa, gritando que no volvería a la escuela nunca más. Su madre, una dulce mujer que sufría de un asma crónica, le acarició el rojísimo pelo, le mimó por unos minutos, y en un tono más humano le dijo que Doña Nieves tenía razón, *mija, la vida es muy corta pa' pasársela cogiendo pique con muchachos que no tan en na'. A final de año búscalos y enséñales tu nota alante de su papás, a ver quién se ríe de quién.* Ambas se sonrieron entonces. Se dejaron arropar por ese silencio plácido del amor que no requiere etimologías.

A final de año, cuando algunos padres escuchaban con vergüenza que sus vástagos tendrían que repetir el curso o que tendrían que volver a examinar algunas materias, no sintió ganas de estrujarles su triunfo en la cara.

86

Prefirió mirar al cielo, darle gracias a Dios, y dedicárselo a su madre que no había llegado a verla pasar al octavo curso. Un violento ataque de asma le había arrebatado la vida dos meses antes.

A partir de la muerte de su progenitora tuvo que hacerse cargo de su casa. Su hermana menor, Raquel, sufría de una versión aún más complicada del asma de su madre. Los médicos, cuatro diferentes, no le daban expectativas de vida más allá de los doce años de edad. Marta, que desde que tuvo uso de razón había sido una fiel creyente del poder y la misericordia de Dios, como su querida madre le había inculcado, estaba convencida de que con fe y dedicación su hermana viviría largos años. Cada vez que a la pobre niña le daba un ataque, Marta, a su corta edad, era quien tenía que socorrerla.

Vivían con su padre, Augusto, un hombre alto y delgado, en cuyos ojos residía permanentemente la certeza de la derrota. Augusto era callado y parsimonioso, ajeno a la invención de la sonrisa e indiferente a las demostraciones de afecto. Salía de su casa a las siete de la mañana y no regresaba hasta las siete de la noche. Trabajaba en una maderera, en la misma desde que cumplió los veinte años, ocupando exactamente el mismo puesto. Lo que secretamente para él constituía un orgullo: su lealtad y longevidad en su trabajo. Era aquel orgullo la única vanidad que tenía, a lo único que aspiraba en la vida era a permanecer inamovible de su posición exacta en el universo, hasta el día de su muerte.

Cuando murió su mujer, descubrió para su mal que se había llevado consigo su único placer a parte de la madera y el torno: el acto sexual. En el velatorio, al verla acostada en aquella negra caja, pálida y seca, le pareció que la muerte no la había cambiado en nada, parecía solo que dormía profundamente. Se preguntó cómo se iban a hacer esas niñas ahora que su mamá no iba a estar allí para cuidarlas; cómo se iba a hacer él para cubrir los gastos sin el dinero que daban el lavado y planchado de su mujer. En lo que meditaba estas cosas, se sorprendió a sí mismo mirando a su difunta esposa en aquella caja acolchada, sus ojos fijos en el punto donde la suave tela de la falda se hundía, formando la imperfecta silueta de un triángulo en el que él sabía que ya no se volvería a perder. Al levantar la vista, sintiéndose observado, halló los ojos asqueados de una señora que sin duda había atestiguado su morbosa acción. Con esa falta de tacto del ignorante, le ofreció una sonrisa casi infantil. La señora, sin quitarle los ojos de encima, con el rostro desfigurado por la rabia y la náusea, agarró de la mano a una pequeña y salió de aquel lugar, convencida de haber presenciado el más cruel y macabro acto de violación.

A pesar de su indelicadeza, la muerte de su mujer lo hundió. Rápidamente y sin pensarlo si quiera, se adentró en el luto de la manera más impráctica posible: con alcohol. Cuando salía en la mañana apenas decía una palabra o dos. A las niñas eso no les extrañaba. Aquel hombre, su padre, nunca había hecho honor a lo que el término implicaba. Las pocas veces que las había abrazado o les había hecho un gesto de cariño tenían que ver con algún pequeño triunfo personal, como si al abrazarlas, estuviera abrazándose a sí mismo, celebrando su propia inocuidad. Y aún en aquellos escasos abrazos, que para las niñas representaban una repentina alegría, un viso de esperanza de que a lo mejor su padre ya se había dado cuenta de que ellas eran sus hijas, asomaba algo artificial, como si a pesar de su hueca dicha, la inusual manifestación de afecto careciera, en esencia, de la natural calidez de la cercanía. Por eso a las niñas no les extrañaba su silencio mientras desayunaban, ni su indiferencia al darles la bendición al despedirse, lo cual era no más que un acto a fuerza de tradición. *Ción papi...* decían las niñas al verlo rumbo a la puerta. *Dio´ la bendiga,* balbuceaba el padre, sus ojos fijos en el mundo allá afuera.

Pero con el tiempo, lo que ya era malo, empeoró. Cuando llegaba en la noche, estaba siempre borracho. Para horror de las niñas, el alcohol lo transformaba. Llegaba peleando, quejándose de todo y de todos. Aquella voz, que por momentos creyeron a solo un decibel del silencio mismo, ahora retumbaba en cada rincón de la casa por las razones más inverosímiles. Era como si al beber, el hombre que ellas conocían como Augusto, el que su madre les había dicho que era su padre y que nunca actuó como tal, se transformaba en un ser totalmente equidistante. Marta lo imaginaba como una especie de licántropo, cuya maldita luna llena salía de una botella.

En los largos meses que sucedieron la muerte de la madre, las niñas habían aprendido a vivir con miedo. Cada tarde, preparaban todo con tiempo, tomando en cuenta cada detalle, cuidándose de no cometer ningún error, arreglándolo todo al gusto y exigencia del tirano. Pero sus esfuerzos eran inútiles. A veces, quizás por falta de dinero, Augusto llegaba solo un poco ebrio, entonces comía lo que hallaba y luego se acostaba, sin decir palabra alguna. Las otras noches gritaba tanto que ellas se quedaban en la cocina, abrazadas una a la otra, y Marta, una niña también, sentía que era su deber proteger a su hermanita hasta con su propia vida si era necesario. Ambas temblaban de miedo, sus corazones se saltaban un latido cada vez que oían sus pasos o cada vez que estrellaba algo contra el suelo. En los momentos cuando a Marta le parecía inminente que su padre, en su ira, arremetería físicamente contra ellas, le encomendaba sus almas al señor, le pedía a su madre que las protegiera.

Para Marta, el hecho de que su padre en los años subsiguientes, a pesar de su creciente adicción al alcohol y al carácter violento que desarrolló cuando estaba ebrio, nunca les puso la mano encima, era prueba más que suficiente de que Dios había hecho un milagro. Lo que ella desconocía era que el milagro tenía nombre, rango y una pistola niquelada con quince tiros, que vivía a una casa de su casa, y que una mañana, en aquellos primeros meses cuando Augusto más violento se había mostrado, le había puesto la pistola en la boca, mientras le decía con la voz más fría que aquel hombre pudo haber oído, *el día que le pongas un dedo encima, ese va a ser el último día de tu maldita vida.* Aquello sucedió tan rápido que nadie, absolutamente nadie se enteró. Y sin embargo, el desagradable sabor metálico del cañón y la confirmación inequívoca en aquellos ojos amarillentos de que no dudaría en arrancarle los sesos en cualquier momento, parecieron durar horas en la cabeza del maderero.

Cuando llegaba, vuelto loco de la borrachera, estrellando y vociferando, le llegaba en forma de nausea aquel desagradable sabor a metal y a muerte que tanto detestaba y temía. Entonces rompía a gritar amenazas de muerte, a cuestionarle a su adversario si creía que le tenía miedo, a jurarle venganza, torturas, muerte, y no se sabe qué otras tantas desgracias. Las niñas, envueltas en su horror, no dejaban de pensar que en verdad estaba loco ya, porque amenazaba a un hombre que no estaba, y ellas se preguntaban de quién demonios hablaba el desquiciado.

Para poder cuidar a su hermanita, Marta había tenido que aprender desde muy temprana edad el uso de la jeringa, la responsabilidad que conlleva cuidar de los enfermos, la puntualidad para las medicinas, elementales pasos de primeros auxilios, entre otras prácticas cosas. El amor por su hermana moldeó su carácter. Consciente de sus deberes, aprovechó cursos y talleres de enfermería que ofrecía el liceo donde se inscribió para cursar el bachillerato, y no dudó en tomar un curso técnico en el área cuando finalizó la educación secundaria. Sabía que no contaba con su padre para nada, así que era necesario trabajar primero para luego optar por la universidad. Sabía con toda certeza que sería médico. Su Fe en Dios nunca disminuyó.

Cuando el vaticinio de los doctores fue quebrado y su hermana sobrevivió la barrera de los doce años, miró al cielo y dio gracias en silencio. Sin embargo, su hermana no llegó a celebrar sus quince Marzos, y murió de la misma forma que su madre, sin poder respirar el aire que para el resto del mundo era gratis.

Aquella noche lloró hasta que no le quedaba una lágrima más en su cuerpo. Tres horas permaneció alternando el silencio con el llanto, sosteniendo aquel lirio frágil, libre, y hermoso que en vida había sido su única compañía, su único amor a parte del de su madre. A pesar de su tristeza, agradeció al señor por haberle dado el tiempo que compartieron juntas, y le pidió con todo su corazón que guardara su espíritu. Augusto se enteró a las cinco treinta y tres de la mañana. Ya a esa hora, Marta sabía que estaba totalmente sola, pues el alma eterna de su amada hermana cantaba, junto a su madre, preciosos himnos en una lengua sagrada para la gloria de Dios.

Cavilaciones

Era inevitable sentirse deprimido al entrar a la pensión. Las escaleras, viejas y oscuras catacumbas, no podían estar más sucias aún si lo intentaran. La pintura de las paredes hacía años que había perdido el color; y otras capas de distintas tonalidades se dejaban entrever en los múltiples puntos que el tiempo y la negligencia habían ido desgarrando. Donde la pintura no había sucumbido aún, destacaban los opacos colores del spray que los artistas callejeros utilizaban para el grafiti. Durante el día, cientos de nombres garabateados adornaban las sucias paredes. En más de una ocasión había tenido que sacar a uno o más *piperos* a patadas de allí. Entraban aprovechando la oscuridad a hacer sus necesidades, ajenos e indiferentes a las enfermedades e incomodidades que sus desechos pudieran provocar. Ellos mismos eran desechos. Desechos humanos, piojos que en la cabeza de la sociedad poco a poco se expandían, chupándose la sangre del progreso y la suya propia, contaminando de su naturaleza mundana e inservible a los demás. Intentando, sin saberlo si quiera, quebrar la salud del mundo. Dejaban un vaho insoportable. Era como una presencia que llegaba de repente y te abofeteaba. No te dejaba hasta mucho después, cuando te escondías en tu habitación y abrías la ventana intentando aspirar el olor del mundo, que a veces, ciertamente, no era tan distinto. Como un parásito que se ingiere en un bocado, le llegó el pensamiento de que él no había sido distinto a estos que despreciaba.

Un pasillo largo y angosto se extendía hasta el extremo opuesto, donde nada era distinguible a cualquier hora del día. A la izquierda, una hilera de puertas recién mal pintadas, una a escasos metros de la otra, guardaban las diminutas habitaciones. A la derecha, un balcón ofrecía

92

la panorámica de patios, callejones, y partes traseras de casas, edificios y casuchas. En uno de los callejones un señor envuelto en una toalla fumaba reclinado de la pared de blocks sin empañetar. En un patio, una señora ventilaba sin mucho ánimo un anafe con un pedazo de cartón demasiado flexible para la tarea. En otro, una joven se bañaba en un baño improvisado. De todas las cosas que podían deprimirlo y lo lograban, la pobreza era la más contundente.

A veces dedicaba horas muertas a observar la vida de aquellas personas. Los veía ir y venir en sus cotidianos afanes. Sus rutinas no parecían variar mucho día tras día. Cargaban agua en potes o en cubetas, iban al colmado, acechaban al verdulero, esperaban a que llegara la electricidad en algún momento para irse rápidamente a planchar algo; almorzaban lo que podían y discutían constantemente de cosas que ignoraban y que envolvían personalidades de la farándula o de la política. Una vez le preguntó a dos jóvenes enfrascados en una discusión insólita sobre cuál era más rico entre Michael Jackson y Michael Jordan que qué importancia tenía aquello. Ambos jóvenes le miraron por unos segundos y, sin molestarse en contestarle, se devolvieron a su discusión, aportando datos y estadísticas inverosímiles, ajenos totalmente a la presencia del demente que acababa de interrumpirlos.

Este es el mundo del pobre, se dijo, *vivir el día a día discutiendo la vida de sus ídolos, viviendo el sueño inalcanzable de algún día estar donde ellos están, sin dar el primer paso hacia un sueño más real.* Entró a su habitación y se dejó caer sobre la cama. *La pobreza es como una enfermedad progresiva. Ataca directamente al cerebro, devorando la capacidad de entender la realidad. La pobreza corrompe los sentidos, evita que se abran los ojos. Así el pobre no ve más allá de sus propias carencias, se acostumbra a creer que sus limitaciones son insalvables, que la vida de los que viven mejor que él no es el tipo de vida que él puede tener, y justifica su pobreza con la suerte, resignándose a su miseria constante y a esa fracción de la felicidad que llega a concebir como algo puro y valioso, sin entender jamás que aquello no es más que conformidad a fuerza de ignorancia.*

En innúmeras ocasiones había escuchado decir que la ignorancia era una bendición. Por un tiempo pensó que era cierto, que los pobres, por estar expuestos al manto avasallador de la ignorancia, percibían sus breves alegrías y sus constantes trivialidades como un perpetuo estado de felicidad, sin llegar jamás a comprender que dicho estado de felicidad no era otra cosa que levedad; que la falta de la apropiada educación, por falta de recursos y de intención de las autoridades en el poder, evitaba a toda costa que se percataran de que existen otros niveles de vida, abiertos a una felicidad más plena, inducidos por la aspiración.

El pobre no sabe aspirar a abandonar la pobreza. La aspiración la delimitan el medioambiente donde cada quien se desenvuelve y el nivel de educación al que se expone. ¿A qué aspiran estas adolescentes que se pasan las tardes bochincheando en las aceras, viendo a niñas de su edad embarazadas y aparentemente contentas? ¿A qué aspiran los muchachos, si entre ellos, solo la vanidad de unos tenis Jordan es lo que cuenta y para conseguir los tres o cuatro mil pesos que cuestan tienen que bregar, como lo hacen los otros capos?

Abrió los ojos y vio el sobre. No había llamado a Marta. Quería hacerlo. Quería llamarla y decirle que la extrañaba. Quería llamarla y confesarle que se había enamorado de ella, que a pesar de sus miedos, de su convicción de que en esta vida él ya no podía ser feliz, la quería como no había querido a nadie. Pero su miedo era más fuerte incluso que su amor. No había llamado a Marta por la misma razón que no tenía amigos, por la misma razón

94

que había evitado enamorarse hasta entonces: porque todas las personas a las que había querido habían terminado muertas. Su amor, estaba convencido, era una maldición. Por esa misma razón no se había atrevido a abrir el sobre. Sabía que las palabras allí guardadas terminarían por doblegar su razón, y al hacerlo, al ir a buscar a Marta bajo cualquier pretexto, terminaría exponiéndola al peligro de su cercanía. Amar a alguien era condenarlo a morir antes de tiempo, y de una manera cruel, trágica.

Con ambas manos se agarró la cabeza. Sus padres, su tío, sus abuelos, Dolores, Don Pedro... todos habían muerto a destiempo. Lo único que habían hecho para merecer tan cruel destino era amarlo y ser amados por él. Marta no debía correr la misma suerte. Lo había decidido desde el primer momento que se percató de sus sentimientos. Por eso, en el instante cuando sabía que ella esperaba sus manos, cuando sabía que sus labios se habían separado esperando la calidez de los suyos, miró al suelo y la dejó marcharse. Y aquella caricia que precedió al adiós, le hizo bien en su piel; le hizo daño en su alma. En aquel momento había querido olvidar sus supersticiones, olvidar las muertes, las lágrimas, la terrible soledad que le había acompañado toda su vida, esa sombra de muerte que no le había abandonado nunca. Pero la había dejado ir. Apenas había levantado la cabeza para verla marchar, vencida por el pasillo de las carreras, arrastrando como otra sombra su tristeza y la carga del rechazo.

Recordó al doctor y su desquiciada teoría. No supo por qué pensaba en eso en aquel preciso momento. Algo se lo había inducido involuntariamente, pero no podía determinar qué. Recordó sus palabras, el nerviosismo, la incredulidad que se acuñó en su voz a la mera mención de aquella frase. El buen doctor se había basado en datos médicos, en exámenes, en análisis, y en el resultado inconcebible de un hecho, para formar una hipótesis lógica de algo que carecía de toda lógica. El doctor López pretendía basar en la lógica la más ilógica de las conclusiones: La inmortalidad. Recordó su reacción a la mención de aquellas palabras: *tú eres inmortal.* Le apenó haberse burlado de aquel buen hombre. Se avergonzaba de haberle dicho que aquello era absurdo. El pobre doctor había intentado explicarle el proceso completo, las razones que le habían llevado a considerar tan absurda idea, pero él no se lo permitió, interrumpiéndole sin el más mínimo asomo de educación, olvidando por completo que se trataba no solo de un profesional en el campo de la medicina, sino también de alguien que le había ofrecido una mano amiga. Pero al buen doctor no pareció importarle su falta de consideración. Estaba tan empeñado en hacerlo ver lo que él veía, en hacerlo creer aquella proposición tan descabellada, que por un instante perdió su estatus, rebajándose a un nivel insospechado, casi bordando el ruego. Él se resistía a creer lo que veía. Y contrario a lo que hubiera imaginado, su incapacidad para entender aquello lo llevó a la ira. Solo entonces calló el Dr. López, solo entonces. Como si al gritarle que se callara, que lo que decía no tenía sentido alguno, hubiese recobrado abruptamente un pequeño ángulo de la realidad. Recordó con gran arrepentimiento sus manos sobre la mesa, sudorosas y temblando levemente. Recordó el enojo injustificado, la sensación de haber ofrecido un vulgar espectáculo a costa de alguien que no lo merecía. Pero sobre todo recordó la expresión de dolor y de desilusión en el rostro del galeno, quien aún confundido y avergonzado, le miraba incrédulamente, pero sin rencor.

Como un dardo lanzado con majestuosa precisión, una idea encajó sobre la otra, interconectándose para dar forma a una tercera. A penas la visualizó, sacudió la cabeza, tratando de disipar su mente. Era una locura. El simple hecho de dedicarle un segundo de su tiempo a algo tan desmesuradamente ilógico era un viso de locura. ¿Qué le estaba pasando? Pero en contra de su voluntad, la idea seguía allí, y le parecía que mientras más se esforzaba en olvidarse de ella, más fuerza cobraba. El doctor le había dicho que estaba casi convencido de que era inmortal. Y él estaba convencido de que la muerte le había acechado toda su vida solo para arrebatarle a sus seres queridos. Fugazmente recordó algunas de las frases del doctor: *¿Alguna vez te has enfermado de gravedad? ¿Le temes a morir? Cuando trataste de suicidarte, ¿en algún momento te sentiste cerca de morir?* Aunque se resistía a darle crédito a semejante idiotez, no podía negar que mientras más lo pensaba, más sentido parecía tener. *¿Será que la muerte es un ser pensante y caprichoso? ¿Una especie de entidad omnipotente que, como Dios, anda experimentando con nosotros? ¿Será que yo soy uno de sus experimentos, un conejillo de indias, y me ha hecho inmortal, pero a cambio me ha condenado a la maldición de llevarse de mi lado toda expresión de amor?*

No podía creer que estuviera entreteniendo semejantes pensamientos. Sabía que eran ideas descabelladas, conceptos caprichosos, desesperados; pero a su vez, sabía sin entender cómo, que el doctor no habría venido hasta él a proponer semejante tesis si honestamente no la creyera. No era sencillo aceptar algo así. Si él hubiera sido diferente a los demás, si no pudiera morirse, ¿no se sentiría diferente? ¿Su cuerpo o su mente no le habrían dejado saber de alguna manera? *Pero, ¿cómo? Quien es diferente simplemente lo es. Uno solo establece diferencias a nivel físico, económico, intelectual, o social; esas son las diferencias que percibimos; nunca cuestionamos nuestra mortalidad. Eso de no morirse es solo una fantasía, el último deseo del hombre, la derrota de la muerte. Es la versión pagana de la recompensa que in-*

ventaron los religiosos: vida eterna. Lo único que el hombre la quiere en la tierra, no en el paraíso.

Mientras pensaba, sentía una especie de revolución en su subconsciente. Sabía que intentaba justificar en la lógica su intención de no dar crédito a aquella proposición; apelaba a su sano juicio, a su sentido común, a su inteligencia natural, para refutar categóricamente aquella tontería. Pero rápidamente se fue dando cuenta de que era inútil. Por más que lo negaba, la idea persistía. Cada vez que se decía a sí mismo que aquello carecía de sentido, volvía a ver el rostro del buen doctor, suplicando una migaja de su credulidad, rogando que le escuchara; y en su desesperación había tanta convicción, tanta vergüenza, porque el doctor sabía perfectamente lo que estaba proponiendo, el doctor entendía a la perfección la magnitud de lo que intentaba hacerle creer y sabía que corría el riesgo insalvable de la difamación.

Porque sería un escándalo del que jamás se recuperaría, bastaba imaginar los encabezados: "Doctor cree en la inmortalidad". Sería el fin de su carrera. Y aun así, en sus ojos había brillado algo poderoso, vivo, y de una intensidad escalofriante, quizás había sido aquello lo que lo asustó: que el doctor lo creía a cabalidad. Quizás aquella convicción le asustó tanto que no supo reaccionar, y su instinto le arrebató el control, llevándolo momentáneamente a la locura.

Pero en aquel momento, en la soledad de su habitación, todo parecía diferente. Aunque se negaba a creer, no podía evitar reconsiderar lo que el doctor había dicho y que en su momento él no había estado dispuesto a ponderar. Había sobrevivido a tres suicidios; nunca en treinta y seis años se había enfermado de gravedad; había sobrevivido al accidente que arrebató la vida a sus abuelos. Bostezó. Fue como un alivio aquel acto involuntario al que el cuerpo te obliga sin aparente razón. Pensó que si había tenido suerte, si aquellas cosas eran no más que coincidencias, entonces era mejor estar loco y no pensar en las vainas que la vida le pone a uno en el camino. Pensó que no había destino y que todo lo rige el azar. Se pasó las manos por la cara mientras disentía con la cabeza. No era cierto. Algo dentro de él intentaba creer con creciente fuerza que todos esos eventos tenían una razón de ser, algún propósito arcano que él ignoraba. Era un misterio, un misterio que habitaba en él.

Pensó en Don Pedro, su querido Don Pedro, quien en una ocasión le había pedido que intentara ver las cosas desde afuera, objetivamente, porque si no lo hacía, sus propios intereses intervendrían en la percepción de la realidad. Pensó que era inevitable involucrarse en la percepción de la realidad sin otorgarle un juicio condicionado por pasadas experiencias. *Don Pedro, yo quiero creer que nada de esto tiene que ver conmigo. Quiero creer que esto es una barrabasada, que el pobre doctor ha perdido la cordura en su afán de entender y justificar, no la veracidad de los milagrosos hechos, o el fracaso como resultado de estos supuestos milagros, que presuponen la derrota de la lógica como fundamento del pensamiento médico, sino todo lo contrario, una lógica inversa que plantea lo ilógico en un intento desesperado por defender el fracaso de la lógica ante elementos que van más allá de ella.*

Pero era mucho peor. Pensar en su posible inmortalidad lo llevaba a pensar en la relación de ésta con la muerte de sus seres queridos. Era inevitable en su mente relacionar un hecho con el otro. Si él se había salvado de la muerte en varias ocasiones, también era cierto que todas las personas, sin excepción, a las que había amado, habían muerto a destiempo. Si la muerte había decidido no llevárselo a él, entonces parecía que había decidido llevarse a quienes poseían parte de su alma. *¿Qué mierdas estoy pensando? Nada de esto tiene sentido...* se sentó al borde de la cama y al mirar por la ventana, vio a un tipo en un callejón lavándose las manos y la cara con su propia orina. El asco no pudo evitar el suspiro o la amarga sonrisa que brotaron de sí. *A lo mejor eso sí tiene sentido,* dijo en voz alta. Entonces, como un golpe, inesperado y contundente, recordó algo que creía haber olvidado para siempre: su abuelo, el Doctor.

El abuelo sin corazón

A raíz de la muerte de sus abuelos, su único pariente directo, su abuelo El Doctor, fue contactado por el departamento de policía para hacerse cargo del niño. Sabía que de haber sido contactado por cualquier otra persona o entidad habría rechazado aquella responsabilidad sin remordimientos de ninguna índole, pero estaba convencido de que en países como éste, había que hacer lo que dijera la policía. Por eso se había presentado en el hospital donde albergaban a los sobrevivientes de la tragedia. No le quedó más remedio que esperar a que el mocoso se recuperara para llevárselo consigo.

Mientras esperaba y el muchacho dormía, meditó acerca de cómo el mocoso podría serle útil una vez en su casa. *Ni pienses que vas a ir pa mi casa a comerte mi comida sin dar un golpe, pendejo.* Las facciones del niño le enojaban. En ellas era sencillo distinguir los rasgos heredados de Alicia. Al recordar a su propia hija, sentía que la bilis le subía a la garganta en un arranque de ira que apenas podía controlar. *Esa malagradecía.* Nunca había deseado tener hijos. Los hijos, lo sabía con sobrada certeza, no hacían más que mal pagar los incontables esfuerzos de los padres. No bastaba con gastar una fortuna en ellos ni tratar de educarlos y de enseñarles buenos modales. Los hijos siempre terminaban haciendo lo que les daba la gana, siempre en contra de las buenas costumbres que los padres trataban de inculcarles. *Esa degraciá dende que nació fue en contra mía.* Era genuino el desprecio que aún sentía por su difunta hija. En su cabeza, se había asentado la convicción de que su hija nunca lo quiso, que había estado siempre en contra de todo cuanto él hacía, que lo había despreciado sin razón. Su esposa, la única mujer pura de este mundo y del otro, había concebido como castigo del demonio a una hija egoísta y con aires de reina, que desde niña intentó controlar los destinos de su casa. Era posesiva y engreída. No le cabía además duda de su afinidad con Satanás, pues habló y caminó antes del año, y antes de cumplir dos, ya discutía con él. Siempre tuvo la obsesión de apartarlo de su esposa. Desde que ella nació, acostarse con su mujer se volvió una odisea. *Esa maldita acabó con mi matrimonio. Ella fue la culpable de que nos jodiéramos.*

Las manos le sudaron al recordar cómo le había rogado a su mujer para que le dedicara los momentos de intimidad que él requería, pero ella, airada como nunca antes, lo rechazaba abiertamente, una y otra vez, y le decía que era un animal, un perro que no le daba importancia a nada más que al sexo. Él le repetía al borde de las lágrimas que la amaba; ella, asqueada, le reclamaba que aquello no era amor, que él no lo conocía y que no lo conocería nunca. Entonces se levantaba de la cama y se iba a cargar a Alicia, dejándolo solo en la cama, muriéndose de rabia e impotencia.

Ahora, aun después de muerta, esa maldita hija seguía intentando joderlo. Ahora le había mandado a este mugriento engendro para hacerle la vida imposible. Pero él no lo permitiría. Este desgraciado tendría que pagar por todos sus sufrimientos.

El día que le dieron de alta, dos enfermeras lloraron su partida. Les había bastado intercambiar siete palabras con aquel señor para saber que ese niño estaba solo en el mundo, que sufriría por el resto de su vida. Delante del personal que les acompañó hasta la salida, el doctor se mantuvo en calma, solo el taxista se percató de que, al momento de entrar al taxi, como al niño se le dificultaba el movimiento con ambos brazos y una pierna enyesados, estaba tomándole más tiempo de lo esperado. El doctor, sin poder controlarse ya, lo empujó con todas sus fuerzas hacia el extremo opuesto. El taxista, indignado, quiso decir algo, pero lo pensó mejor. Ese no era asunto suyo.

En las tres semanas subsiguientes, perdió alrededor de siete u ocho libras. Solo los jueves, cuando Dolores iba a la casa del doctor a asear aquella horrenda vivienda, a lavar y a planchar las mugrientas ropas del ermitaño, y a jurarse como todos los jueves que aquel sería el último que pasaba entre tanta miseria y asquerosidad, era que ese niño comía completo su plato de comida. Los demás días, el doctor cocinaba lo que encontraba, le servía su porción en un plato de aluminio que colocaba en el piso, a dos pies de distancia del inválido. Al principio, entendiendo la crueldad de la situación, el niño ignoró el plato. Pero al sentirse desmayar del hambre, se dio cuenta de que tendría que ingeniárselas para comerse aquella nauseabunda comida. Como un toque extra de burla, el doctor le colocaba un cubierto y un cuchillo.

Con ambos brazos enyesados era imposible llevarse nada a la boca. Por eso, cuando ya no soportó más la rebelión ácida de su estómago, maniobró por varios vergonzosos minutos, raneando en el piso sucio, tratando de colocar la pierna enyesada en una posición que le permitiera alcanzar el plato con la cara. Era una tarea ardua, pues cualquier movimiento brusco, le provocaba un intenso dolor. Cuando al fin logró colocarse frente al plato, acostado boca abajo en el piso, quedó un poco retirado, así que tuvo que reptar hasta éste, y morder la orilla para acercar el contenido a su boca. Al tenerla en su cara, el olor de aquella comida le hizo vomitar. Pero como no tenía nada en el estómago, solo vomitó hiel y ácido. Aquel primer día en casa de su abuelo no ingirió alimento alguno. En los días que le sucedieron, repitió la terrible odisea para colocarse delante del plato. E hizo lo mismo todos los días de aquella primera semana, logrando comer parte de lo que aquel hombre sin corazón le servía. La otra parte, empujada por su rostro, que tenía que introducir entero en el plato para poder aprovechar algo de su contenido, caía al piso. Desde la primera vez, se juró comer solo lo que lograra atrapar en el plato, lo que cayera fuera, fuera quedaría.

El primer jueves que Dolores llegó a la casa vio al doctor colocar el plato en el piso y vio al niño, que no se había percatado de su presencia, hacer aquellos dolorosos movimientos. Se humedecieron sus ojos. Sin embargo, no dijo nada. Dolores conocía a aquel monstruo. De haber dicho algo, la habría echado, y eso no ayudaba en nada. No, lo más inteligente era callar. Así podía hacer más por aquel pobre muchacho. Cocinó ese día, con los pocos recursos que halló en la nevera, lo que al niño le pareció el plato más suculento del mundo. Cuando estuvo lista la comida, ignorando la mirada despreciable del desgraciado, se acercó al muchacho, que le miraba con cierta desconfianza, y le pidió que se acercara, que ella le daría la comida. Mientras comía, aún temeroso de aquella amabilidad para él extraña en aquel lugar, lanzaba miradas llenas de miedo hacia el pasillo por donde el doctor podía entrar en cualquier momento. El pánico que Dolores vio en aquellos inocentes ojos fue demasiado para ella, y para sorpresa del muchacho y para la suya misma, no pudo contener el llanto. Él, avergonzado sin saber por qué, bajó la cabeza, mientras ella intentaba calmarse y le decía que no era nada, que era solo una tontería de las mujeres.

Desde aquel momento Dolores vio a aquel pobre muchacho como a un hijo al que solo podía socorrer a medias. Aunque le atormentaba, sabía que no podía hacer nada más por él de lo que hacía. Solo los jueves aquel pobre muchacho comía con algo de decencia, con algo de dignidad humana. Los otros días era poco más

104

que un perro, comiendo acostado boca abajo en el piso mugriento, bajo el escrutinio de unos ojos venenosos, enfermos de odio. Los jueves se convirtieron en la única fuente de alegría para aquel niño. El único día en que se sentía apreciado y vivo.

Al sexto jueves, después de haber sido despertado durante la noche anterior por unos fuertes golpes (que le parecieron extraños y asumió provenían de la calle), esperaba a Dolores con ansias. Había escuchado a las enfermeras decirle a su abuelo que debía llevarlo de regreso al hospital en cinco semanas para remover los yesos de los brazos, y en ocho para el de la pierna. Ya no aguantaba más aquella tortura. Los yesos no solo eran incómodos por inhabilitarlo. Cuando el sol arropaba las tardes, aquel cuartito del que no podía salir se convertía en una caldera. El sudor inevitable le provocaba comezón por dentro de los yesos, y aquello era insoportable. En más de una ocasión, desesperado, Dolores lo sorprendió gritando, chocando con gran violencia los brazos de las paredes. Entonces corría hacia él y lo abrazaba horrorizada, mientras él lloraba desesperadamente. Cuando le preguntó asustada qué diablos hacía, entre sollozos y temblores le confesó que prefería el dolor a la comezón.

Aquella era la sexta semana. No sentía diferencia en sus brazos, más que la disminución del dolor. Quería acatar las pautas de la enfermera y quitarse los yesos. Cuando su reloj biológico le dijo que era el medio día y Dolores no había aparecido aún, supo que algo andaba mal. Sabía que era jueves. Cada día, al despertarse, lo primero que hacía era nombrar el día. No tenía otra forma de saber el tiempo. El doctor, a propósito o no, no le había proveído de un reloj o de un calendario. De hecho, en aquel pequeño cuarto no había más que una silla astillada y unas cortinas tiradas en un rincón. Nada más había en aquel cuarto angosto y húmedo, aquella jaula donde se encontraba prisionero. Quizás por eso, desde aquel primer jueves que Dolores se apiadó de él, instintivamente se acostumbró a llevar la cuenta de los días. Cuando el miércoles casi llegaba a su fin y ya era la hora de dormir, sonreía una de sus escasas sonrisas. El jueves era el único día de su vida. Los demás no existían. Ni siquiera él existía. Esos eran los días de ensayo, el tiempo que le tomaba, como a Dios, para crearse a sí mismo. Listo para el séptimo día, cuando llegaba la luz a su mundo en tinieblas. El génesis recurrente de su propio trágico testamento. Con cada minuto agonizante, su paciencia se desvanecía. Dolores no llegaba y tanto su estómago como su alma ya le molestaban, ya le gritaban que necesitaban de la presencia de aquella mujer que era lo único bueno en su mundo de dolor, incomprensión, miedo y resentimiento.

Cada vez que escuchaba una puerta abrir o cerrar, rápidamente volteaba al pasillo angosto, esperando ver la silueta cansada de la vieja mujer que lo había acogido como a un hijo. Pero para su horror, solo veía fugazmente la macabra sombra de su abusivo abuelo, el hombre que le odiaba sin él saber por qué. El hombre al que él había aprendido a odiar sin desearlo. Por un instante se quedó dormido. A veces le sucedía eso. Pensaba tanto que la cabeza le dolía, y debía quedarse quieto para poder controlar el dolor. Entonces el cuerpo obedecía a aquella inanición y se degradaba a una especie de estado de hibernación. Todo esto sucedía de un modo instintivo y elemental, fuera del entendimiento del muchacho.

Lo despertó el sonido brusco del metal contra el concreto. Al abrir los ojos, solo vio el avejentado cuerpo del doctor alejarse indiferente, como quien se aleja de una tarea fastidiosa que no puede dejar de ejecutar. Lloró.

Quiso creer que se había equivocado en la cuenta de los días, pero sabía que no era cierto. Por eso lloró por largo rato, hasta que sus ojos se secaron y ya solo gemidos apagados escapaban sin mucha fuerza de su garganta. El plato de aluminio estaba frente a él mostrándole su deforme contenido. El pobre muchacho no se imaginaba qué era aquello. No tenía forma. El color era simplemente del color de algo que no debería comerse. Sabía que no era veneno. De algún modo sabía que aunque aquel hombre lo odiaba hasta la muerte se le hacía imposible matarlo. Al mirarlo a los ojos, en aquellas ocasiones en que entraba al pequeño cuarto con el solo propósito de mirarlo a los ojos para reafirmar su desmedido odio, había visto que era capaz de asesinar si fuera necesario. Pero no a él. Por más que lo odiara, no podía matarlo, y eso también lo había visto en aquellos ojos de demonio, de gato oscuro, de perro rabioso. Lo que no entendía era por qué. Aunque algo le decía que algún día lo sabría. Debilitado por el llanto y por la desesperanza, se tiró al piso, maniobró como ya había aprendido a hacerlo casi a la perfección para poder comer el lodo que su abuelo le traía. Era poco lo que desperdiciaba ya. Y a fuerza de repetición, se había acostumbrado al mal olor de aquella supuesta comida y a sus extraños sabores.

Mientras comía, no podía dejar de preguntarse por Dolores. Al principio se había sentido frustrado, luego enojado, pero ahora solo sentía preocupación. Dolores nunca faltaba. En ocasiones había venido incluso enferma, alegando que necesitaba el dinero que el doctor le pagaba, pero él sospechaba que lo hacía más por él que por el dinero que el doctor pudiera darle. En otras ocasiones, mientras comía y ella le contaba cosas, le había dicho que lo que el doctor le pagaba era una miseria. Cuando él le preguntó por qué seguía yendo, ella lo miró con tristeza. *Ese desgraciado no siempre fue como es ahora.* Le dijo con gran sentimiento en la voz. Él escuchaba atentamente, masticando un bocado de arroz y habichuelas.

Mucho antes de que tú nacieras, tu abuelo era un buen hombre que se casó con una mujer aún mejor que él. Pero la vida, mijo, se encarga de dañar a la gente. Y a ese lo dañó de verdad.

Muchos años después se enteraría de que Dolores había sido hermana de su abuela, la mujer del doctor; que en momentos de grandes tribulaciones para ella, cuando había tomado decisiones que la llevaron a lugares tan bajos que era mejor no mencionar, ellos la acogieron en su casa y la trataron con respeto y con dignidad. Aquellos jueves, entonces entendió, habían sido desde antes de él llegar un pago de agradecimiento hacia un hombre que ya no lo merecía. Y luego, con su llegada, se convirtieron en una especie de bendición, una especie de redención para aquella mujer que en su momento también había tocado fondo, que estaba sola en el mundo.

Por eso estaba preocupado. Especulaba que si Dolores no estaba allí, era porque algo le había pasado. De repente le entró la desesperación. Quería saber de ella. Quería saber si algo le había ocurrido. Se propuso lo impensable: le preguntaría al doctor. De solo pensarlo sintió un escalofrío. Aquel hombre le odiaba tanto que el simple hecho de pensar en acercársele le erizaba el alma. Pero sintió que tenía que hacerlo. Dolores no había ido y él sabía que algo había pasado. Simplemente tenía que saber. Rápidamente logró levantarse. Llevaba seis semanas con aquella tortuosa armadura y ya había aprendido a maniobrar con ella. El cuarto no tenía puertas. Él sabía que estaba encerrado allí, pero solo por convicción, porque el marco donde la puerta debía estar se convertía en el estrecho pasillo que daba a su vez a una sala un poco más amplia. Solo había visto aquella sala una vez: el día que llegó a la casa desde el hospital. Nunca más había osado cruzar aquel pasillo que bien podía ser el pasillo por donde arrastran a los condenados a conocer su destino en la silla eléctrica. Pero para cuando empezó a pensar, ya se encontraba agarrando, brazos estirados hacia abajo, los bordes del marco en el otro extremo del pasillo, contemplando la sala, que le pareció inmensa comparada con el espacio de su cautiverio. En el extremo opuesto había una puerta. Trató de recordarla, pero no la tenía registrada en su memoria. Sabía que había una puerta en algún lado, la había escuchado abrir y cerrar cientos de veces, pero por más que la miraba, no podía recordarla.

El dolor de sus brazos era ínfimo, pero no el de su pierna. No la ejercitaba. Por ratos se levantaba, caminaba un poco, se paraba frente a la ventana para escuchar los ruidos de la calle. No podía ver por la ventana porque estaba demasiado alta para él. Por eso se limitaba a imaginar la calle de acuerdo a los ruidos que escuchaba. Los ruidos que reconocía con más facilidad eran los de los carros del concho. Pero pocos minutos pasaban sin que recordara a sus padres y los ojos se le aguaban de inmediato, sin tregua, al ver de nuevo sus cuerpos en el medio del pavimento oscuro, atroces en sus posiciones imposibles, macabros en la expresión que la muerte dibujó en sus rostros, y muertos, tan terriblemente muertos, que una vez en su mente, ya era imposible para él dejar de llorarlos. Por eso le dolía la pierna más de lo que pudo haberse imaginado, por la falta de ejercicio. Haber recorrido el pasillo, y estar parado en el umbral por unos minutos, era mucho esfuerzo.

Oyó ruidos y su corazón se aceleró. No sabía qué pensar. No sabía cuál sería la reacción del doctor al verlo. Pero aunque tenía miedo, estaba decidido a averiguar por qué Dolores no había ido. La temible figura del doctor apareció como una ánima en pena, rodeado de la luz que provenía del cuarto adyacente. Al verse, ninguno de los dos pudo ocultar su sorpresa. El rostro del doctor se transformó en ira. Cerrando la puerta a sus espaldas, le gritó que qué hacía allí parado. Asustado más allá de su propia comprensión, trató de hablar, pero las palabras se atascaron en su garganta. Solo sus ojos mostraban su horror. El viejo se abalanzó sobre él con más vigor del que nadie lo habría creído capaz. Asiéndolo de los hombros, lo empujó hacia atrás. Cayó con fuerza en el piso del pasillo, pero apenas sintió el golpe. Era tal su miedo que a lo único que atinaba era a alejarse de aquel demonio. Olvidando por un instante sus limitaciones, trató de reptar hacia atrás, sus ojos fijos en aquel rostro descompuesto por la rabia y la incredulidad. *¡Maldito, degraciao! ¿Qué tú iba a hacer, eh? ¿Qué tú iba a hacer?* Los gritos del doctor retumbaban en el estrecho pasillo. Mientras se acercaba al muchacho, sus manos tensas como las garras de un animal feroz. Los yesos resbalaban en el piso. Era tan titánico el intento del niño por salvarse de aquellos ojos desquiciados, de aquellas manos dispuestas a lastimarlo, que iba dejando anchos rayones blancos en el suelo. Agachándose como una vieja fiera, el doctor lo agarró por la pierna sin yeso y, tirando de ella, lo acercó a sus pies. Con el brusco movimiento, la cabeza del niño chocó violentamente del piso, lo que lo aturdió momentáneamente. Cuando recuperó la visión, fue para ver el puño de su abuelo a una pulgada de su rostro, y luego el impacto sobre su nariz, que lanzó de nuevo su cabeza hacia el piso. Los demás puñetazos y patadas no los sintió si no después, una hora más tarde, cuando recobró el conocimiento.

Los siguientes dos días fueron los más terribles de su existencia. El abuelo, probando su crueldad hasta el límite, no le llevó comida en ningún momento. No había pasado siquiera a percatarse si aún vivía o si había muerto a causa de la paliza que le había propinado. En esas horas interminables entre llanto, quejidos, gritos esporádicos, y ya cuando no podía soportar más el hambre, ruegos; el niño desesperaba, dormía, soñaba con su familia, con sus abuelos, con sus padres, para luego despertar sudando, adolorido, y completamente impotente e indefenso.

El hambre, que no todos verdaderamente conocen, le acalambraba el estómago, provocándole dolores intensos, gases constantes y náuseas que le quemaban la garganta. Sentía que sus tripas ardían, como si un millar de culebras o de brazas agusanadas se disputaran sus órganos. Era tan grande la desesperación, que se revolcaba en el piso cada vez más sucio; llegó a perder el control de su esfínter, orinándose en el lugar donde dormía, defecando en el lugar donde acostado boca abajo comía su comida. Por ratos, sus entrañas parecían descansar. No lograba entender por qué le estaba pasando todo aquello. No entendía por qué su abuelo, el papá de su mamá, lo odiaba tanto. Él no le había hecho nada. Ni siquiera lo conocía. ¿Por qué aquel hombre era tan distinto a sus otros abuelos? Sus ojos se llenaron de lágrimas. Sus abuelitos habían sido tan buenos con él. Sintió tanta lástima por ellos. Morir así, morir cuando creían estar más felices, cuando la vida comenzaba a tener sentido aún con la ausencia de sus padres.

Apoyó su cabeza en el piso, justo al lado del charco de orina, pero ya el olor le era indiferente. Pensó en sus padres, en sus abuelos, en aquel parque de diversiones que por unas cuantas horas le hizo olvidar todo cuanto había sufrido. Pensó en la pelota que le habían regalado. Recordó la firma de su ídolo, la felicidad que los abarcaba como una burbuja gigante en la que nada malo cabía. Pero todo había sido una ilusión. Detrás de aquella felicidad andaba acechando la muerte. La muerte, eso que se había llevado de su lado a su mamá, a su papá. Ese ser invisible que los adultos mencionaban tan sencillamente, pero con respeto. Ese monstruo despiadado que, como su abuelo, solo sabía hacer daño, incluso a las personas buenas como sus padres, como sus abuelitos, como el tío Papito. *¿Por qué no me llevate a mí también, señora muerte? ¿Por qué me dejaste aquí con ete abuelo que me odia sin yo hacerle nada?*

***

Al tercer día, entre sueños, oyó la puerta abrir y cerrar. Al escuchar pasos acercándose, no se atrevió a abrir los ojos. Permaneció quieto en el piso, haciéndose el dormido. El sonido del aluminio sobre el concreto por poco le hizo abrir los ojos. El abuelo le había traído comida al fin. Era tan fuerte la necesidad de comer, que luchaba contra sí mismo, tratando de no delatarse ante su opresor. En su esfuerzo, sus ojos se movían velozmente, de lado a lado, sin que pudiera controlarlos. El doctor, parado frente a él, sabía que estaba despierto. En su rostro, que era cada vez más el rostro de un muerto, ya no había ni siquiera desprecio. En su mano derecha traía unas ropas. Eran un pantalón y una camisa. Caminó sin decir nada hasta la silla y los depositó sobre ésta. Al voltear hacia el pasillo, se detuvo brevemente.

Una mujer va a venir a bañarte y a ponerte esa ropa. No de problema, pa no tener que matarte. Si la mujer te pregunta algo, quédate callao. Fue cuánto. Sin abrir los ojos aún, sentía que su corazón se le iba a salir del pecho, mientras oía aquellos pasos alejarse, aquellos pasos que había aprendido a temer y a odiar. Cuando al fin escuchó la puerta cerrarse, abrió los ojos. Acto seguido, adoptó su posición para comer, ignorando las miserias del suelo, concentrándose únicamente en saciar esa hambre que le demolía por dentro.

Tal como le había dicho el doctor, una señora de unos sesenta y tantos años, con cara de pocos amigos y voz chillona, le dijo que había venido a bañarlo y a cambiarlo. Consigo había traído una ponchera amplia y dos galones de agua. Él se preguntó por qué no lo bañaba en el baño, como lo hacía Dolores, pero prefirió callar. El doctor le había ordenado silencio. La señora, con una habilidad que delataba experiencia, le sacó la mugrienta ropa (apenas se habían lavado dos veces en el tiempo que llevaba en cautiverio), y de inmediato lo guio hasta la ponchera, donde lo aseó con mucho más facilidad de lo que lo había hecho Dolores. La mujer no decía ni media palabra. Le cruzó por la mente que a lo mejor a ella también le habían prohibido hablar. Cuando concluyó, le puso la ropa limpia que el doctor había dejado sobre la silla. Limpio y vestido, parecía cualquier cosa menos un perro discapacitado que almuerza acostado en el suelo al lado de su propia mierda.

Evitando el mojadero, y poniéndolo al frente, lo guio por el pasillito. Cada paso le estrujaba de miedo el alma. Volteó un par de veces, buscando las pupilas de aquella mujer. Pero sus ojos veían hacia adelante. Brevemente tuvo la sensación de que lo evitaba a propósito. La amplia sala lo acogió como la primera vez, pero el factor sorpresa ya no estaba. La mujer lo instó a avanzar, pero él se detuvo. Ella le miró y le dijo que se moviera, que había que salir porque el doctor los esperaba. Pero el miedo no le dejaba moverse. Sabía que cruzar aquella puerta era encontrarse de frente con su verdugo. *Camina, muchacho, que no tengo todo el día. ¡Anda!* Si había enojo en aquella señora, no era hacia él. Pero sencillamente se le antojaba imposible moverse, cruzar aquella puerta. Presentía que al hacerlo, estaría arriesgando su vida. Pensó en Dolores, en los jueves que habían pasado juntos. Pensó que no había llegado. Sabía que algo malo le había pasado. Algo terrible, porque de no ser así, ella habría pasado por lo menos a despedirse. La señora se adelantó y abrió la puerta. Desde donde él estaba, podía ver el interior de aquel cuarto. Estaba un poco oscuro, por eso las formas de los objetos parecían alteradas por las sombras. Una tenue luz enfrentaba la oscuridad. Al llegar a la puerta del fondo, la señora extendió la mano para abrirla. Sintió cómo el niño se le acercó, hasta quedar casi prensado a su cuerpo. Era alto para su edad, y a pesar de que evidentemente no había estado comiendo bien, llevaba en su cuerpo la figura de los que obtendrían cierta corpulencia. Pero no dejaba de ser un niño asustado. Algo le decía que le sobraban razones para estarlo.

Había pasado todo aquel tiempo en el estrecho cuartito. Había llegado a imaginar la casa de un tamaño similar. Pero se acababa de dar cuenta de que aquella casa era inmensa. Sin perder más tiempo, la señora abrió la puerta. Le sorprendió al ver el consultorio de su abuelo. Detrás de una especie de escritorio/mesa de chequeo, el doctor, que le había mirado de reojo al entrar, atendía a un pequeño paciente, cuyo dueño observaba con gran interés. A su alrededor, en jaulas de todo tamaño, perros, gatos, y aves adornaban la veterinaria. Había estantes con medicinas, collares, y herramientas cuyos propósitos él no podía siquiera imaginar. Algunos libros con portadas de animales, un teléfono de teclas, un radito que tocaba una música antigua e ignorada, una escoba maltrecha y una funda de guantes completaban el inventario del negocio.

Una vez concluida la visita, el cliente se llevó su mascota, no sin antes echarle un último vistazo a aquel muchacho enyesado que jamás había visto. El doctor, haciendo honor a su fama de escaso de palabras, depositó unos billetes en la mano de la mujer, y, justo antes de que ella saliera hacia el sol inclemente, le recordó que hablar de lo poco que había visto sería lamentable e inconveniente. La señora asintió con prisa y salió con paso redoblado, sacudiendo un poco la cabeza, como si al hacerlo pudiera dejar atrás sus conjeturas.

Una vez solos, el doctor le miró fijamente por largos segundos. Él permanecía mirando al suelo, como si buscara un diminuto objeto recientemente perdido. *Vamo al hospital a quitarte los yesos.* Sacó de una pequeña bolsa un revolver que en ningún momento intentó ocultar de su vista. *Si me causas problemas en el hospital, voy a matar a to el que ande por ahí, y la última bala va a ser la tuya.* Una vez fuera, el doctor cerró la puerta tras de sí. El mundo frente a ellos les pareció una bola de fuego.

***

Un mes después de quitarle los yesos, Dolores no había dado señales de vida. Sabía que no podía preguntarle al doctor, por eso intentaba escuchar cada conversación que éste tenía en la veterinaria, con la esperanza de que alguien la mencionara. Pero hasta entonces sus esfuerzos habían sido en vano. Desde que tuvo libre los brazos y la pierna, el doctor le había hecho trabajar en la

115

veterinaria. Aquello representaba un gran cambio. Trabajaba duro, prácticamente el día entero, sin más paga que la desagradable comida que le servía. Pero ya no tenía que comer en el piso ni esperar a que el doctor se acordara de servírsela. Podía bañarse cuando quisiera, siempre y cuando lo informara primero y estuviera libre de alguna tarea doméstica. Tan pronto estaba lista la comida, y el doctor se había servido, él podía ir y servirse. Aunque nunca escuchaba más que órdenes, se conformaba, pues ya habían acabado los maltratos físicos.

El doctor no se dirigía a él más que para mandarlo a hacer algo, y él, consciente de su condición de esclavo, iba y cumplía con lo ordenado a cabalidad, hasta el límite de sus habilidades. Solo cuando fallaba en hacer algo a tiempo o cuando hacía algo incorrectamente, escuchaba las reprimendas del viejo aburrido, pero incluso entonces no resaltaba aquel odio básico, de los primeros días, cuando en cada palabra, en cada mirada, una violenta fuerza amenazaba con cortarle en pedazos. Ofrecía insultos, pero en ellos apenas había una pesadez incierta y acabada, como si el ofenderlo acarreara más esfuerzo del que él merecía o del que el viejo estuviera en capacidad de derrochar. Para evitar encontronazos, había aprendido a cumplir con las peticiones del doctor sin dilación y con esmero. Muchas veces, como ya conocía las rutinas, hacía cosas antes de que el doctor las pidiera, y lo sorprendía, aunque nunca escuchó de su boca ni una sola palabra de agradecimiento. En verdad eso le tenía sin cuidado. No lo hacía para que se lo agradeciera, si no para que no tuviera oportunidad de llamarle la atención.

Una mañana el doctor le hizo levantar más temprano que de costumbre. Le ordenó que se bañara y se pusiera las ropas que estaban sobre la silla. El doctor le había regalado un colchón y unas sábanas. Y él sentía que era poco menos que una cama de agua, comparada con la dureza del piso. Las ropas en la silla eran nuevas. El pantalón le quedaba un poco corto, pero estaba mejor que los únicos dos que hasta entonces tenía. Se preguntó, mientras se vestía, cuál sería la ocasión. Salieron juntos, cosa que no había ocurrido antes, desde la visita al hospital, y, siempre en silencio, cogieron un carro público hasta la Duarte con París. Allí entraron a un pequeño local, donde un siniestro señor parecía acabado de levantarse de su cama. Se dieron las manos y hablaron de cosas ajenas a su entendimiento. El hombre inquirió acerca de su presencia y el abuelo le dijo que era el hijo de su difunta hija. El hombre le observó sin curiosidad ni interés, balbució algo que él no pudo escuchar, y luego entró a un cuartito oscuro.

Cuando salió, traía consigo una cámara fotográfica. *Pégate de esa pared, mijo, levanta la cabeza un poquito, y no te muevas.* La voz de aquel señor era algo graciosa. Hablaba con un acento extraño, uno que él nunca había escuchado. Lo hizo parar de espaldas a una pared sobre la cual yacía una sábana blanca, que servía de fondo de contraste para la fotografía. Ese día, para su gran sorpresa, en lugar de regresar a la casa después de las fotos, el abuelo lo llevó a una escuela pública, donde procedió a inscribirlo. Años después se preguntaría en más de una ocasión cómo el doctor logró aquello, pues allí lo inscribieron en un dos por tres, sin papeles de ninguna índole, ni explicaciones de ninguna naturaleza. Al día siguiente, ya regresaba a la escuela, lo que lo hizo muy feliz, a pesar de que era totalmente diferente a su escuela anterior.

El jueves de la segunda semana después de iniciada su jornada académica, encontró una nota en la puerta de la casa. El doctor, que a pesar del gesto de haberlo puesto en la escuela, continuaba siendo el perfecto extraño, le explicaba en el papel las tareas que debía ejecutar durante su ausencia. La puerta no estaba cerrada con llave, pero le instruía a cerrarla apropiadamente tan pronto entrara. Como era de esperarse, el mensaje era parco y sin rodeos, ni saludos, ni despedidas. Frío y directo, como el alma de su autor.

Entró, cerró con llave y se dispuso de inmediato a hacer lo que se le había ordenado. Barrió el negocio, fregó unos platos, envolvió la manguera, le dio de comer a unos gatitos de colores extraños que ya tenían varios días allí y el doctor sentía que estaba perdiendo dinero con ellos. Sonó el teléfono. Al primer timbrazo, ni se inmutó. Pero luego, cuando el aparato insistió, cayó en cuenta que estaba solo y que solo él podía cogerlo. Pero no sabía si debía. Aquello no tenía precedente. Antes de decidirse, el teléfono calló. Sintió un breve y extraño alivio, como si se hubiese salvado de algo. Pero duró poco, pues el aparato arrancó de nuevo con su chillona sinfonía. De nuevo la incertidumbre, pero esta vez se acercó. Armándose de valor, levantó el auricular y dijo con voz nerviosa ¿*Alo?* Era el doctor. *Oye, en una de las puertas que tan en el pasillo grande, hay un maletín negro. Va a ir un señor moreno, se llama Agustín, dale el maletín. Óyeme una cosa, muchacho. No abras ese maletín en ningún momento, ¿oíste?* No le dio tiempo a contestar. El doctor colgó de inmediato.

Rápidamente fue hasta el pasillo grande y, por primera vez, como si se tratara de un lugar totalmente nuevo, se percató de que a cada lado había tres puertas. Eran enormes, incluso para un adulto. El doctor no había sido muy específico y se preguntó si sería porque no recordaba tras cuál de las puertas estaba el maletín. Decidió abrir la que más cerca le quedaba. El manubrio le quedaba a la altura del rostro, lo giró con más fuerza de la que era necesaria. Cedió instantáneamente, abriendo la puerta con un respingo. Nada. La puerta ocultaba una especie de closet, pero estaba vacío. Fue a la otra, la abrió de la misma forma. Esta vez la puerta le dio en la rodilla. Vacío. La siguiente puerta cedió suavemente, en esta encontró varias cosas, entre ellas unos viejos álbumes LP que él desconocía. Tomó varios mientras leía los nombres y observaba con curiosidad las fotos que adornaban las carátulas: Pepe Aguilar, Los Panchos, Nicolás Casimiro, Lope Balaguer... Por motivos que no asoció, le llegó a la mente su buen abuelo Nicanor. El maletín no estaba allí tampoco, pero esas viejas y olvidadas cosas le intrigaban. Sintió gran curiosidad por todo lo que el doctor tenía allí guardado, apartado del tiempo y de la cotidianidad, como si fuera aquel closet un cementerio de cosas que jamás vivieron, pero que de algún modo, entre la necesidad del hombre y el propósito de esas cosas, existiera un vínculo de energía tan fuerte y tan real como la vida misma, o la muerte.

Cuando por fin decidió cerrar para ir a la otra puerta, en el rabillo de su ojo izquierdo una silueta captó su atención. Fue algo fugaz, borroso, pero su cerebro, filoso y raudo, recibió y procesó la forma, y envió la señal de alerta. Volteó. Aún sin saber de qué se trataba, se agachó a recogerlo. La impresión fue tan grande, tan inesperada, y tan aterradora, que no pudo ponerse de nuevo en pie. En su mano, como una flor marchita, sostenía un arete. Pero no era un arete cualquiera. ¡Era uno de los aretes de Dolores! Su corazón se detuvo por unos segundos, mientras su pueril cerebro trataba de entender lo que veía. ¿Cómo pudo haber llegado hasta allí un arete de aquella mujer? ¿Cómo? Lo miraba, pero en verdad no se concentraba en el arete, solo en las preguntas que se amotinaban en su cabeza. Escuchó golpes en la puerta. *¡El maletín!* Pensó asustado. Se metió el arete en el bolsillo y corrió hasta la otra puerta. Nada. Solo unos viejos y pesados libros, pero ningún maletín. En la otra puerta, cuyo manubrio no quiso ceder con la facilidad de los demás, lo encontró apoyado de las aspas rotas de un abanico. Se preguntó, con dudas, si aquel sería el maletín correcto, pero no tenía tiempo. El hombre ya había insistido en la puerta y él estaba perdiendo mucho tiempo. Además, si el doctor no le había especificado, era probablemente porque había solo uno.

Corrió hasta la puerta, abrió sin preguntar quién era. Agustín, un señor alto y de tez oscura, de rostro serio y brazos robustos, le miraba con cierta desesperación. Ninguno dijo nada. Extendió la mano entregándole el maletín y Agustín lo tomó, lo miró por todos lados, como asegurándose de que no había sido abierto; luego, sin decir palabra alguna, se marchó.

Tan pronto cerró la puerta, sacó el arete del bolsillo y lo miró detenidamente. Nueva vez, el corazón se le aceleró, como si hubiese estado corriendo a gran velocidad. El arete, una delgada argolla de oro, estaba manchado de sangre. Sus manos empezaron a temblar de repente. ¿Qué significaba aquello? Entonces, como si alguien hubiera abierto una rendija por donde entró, silente, una herida de luz, recordó los ruidos. Aquella noche antes del jueves que estaba supuesto a ver a Dolores, había escuchado golpes. Los había oído entre sueños, pero al despertar, aunque no le prestó atención, sabía que no los había soñado. Había creído que se trataba de alguien fuera de la casa, pero ahora, vistas las circunstancias, no estaba seguro. Trató en vano de recordar algún otro ruido, cualquier cosa que le pudiera dar una pista, un grito quizás, un alarido de dolor. Pero sabía que no había escuchado nada más que los golpes. No quiso creer lo que pasaba por su mente. Pero era sangre lo que había en el arete de Dolores. Algo le había pasado, lo había sabido desde el primer día, algo terrible le había ocurrido pero nunca pensó que tuviera que ver con el doctor. ¿Le había hecho daño el doctor? ¿Se marchó Dolores porque pelearon? Prefería creer aquello antes que lo que su corazón le estaba voceando desde su agitado pecho. *No. No es así.* Se dijo en voz alta. Sin pensarlo volvió al closet. Por varios minutos sacó, revisó, y reacomodó LPs, lámparas, bombillas, cuadernos, álbumes de fotografías, libros... Pero no encontró nada más. No sabía lo que buscaba. Solo sentía la necesidad de seguir buscando. Sabía que podía encontrar quizás algo más relacionado con Dolores. Pero en ese closet no había nada más. Volvió al closet donde había encontrado el maletín. Allí no había tenido tiempo de revisar porque el hombre había estado insistiendo. Sabía que tenía que hacerlo rápido porque el doctor podía llegar en cualquier momento.

Ya se había dado por vencido cuando vio, en la esquina más oscura, donde la floja luz de las bombillas de bajo consumo del pasillo apenas se asomaba, un juego de gomas usadas. Eran dos enormes gomas de auto, en muy mal estado a simple vista. Se acercó y las examinó por unos minutos. Se preguntó qué hacía ese viejo loco con dos gomas guardadas en un closet si él ni siquiera tenía vehículo. Mientras pensaba en esas cosas, se volteó para marcharse, convencido de que no había ningún otro sitio donde buscar. Enfocado en sus pensamientos no vio el palo de escoba que estaba cruzado frente a él, y al levantar la cabeza, chocó con éste, pegándose fuertemente en la frente, lo que le hizo dar un par de pasos hacia atrás. Se llevó las manos a la cabeza, retrocediendo, y perdió el equilibrio. Cayó sobre las gomas, que cedieron un poco al impacto de su cuerpo. Adolorido y preocupado porque algunos objetos se habían ido al suelo, se dispuso a recogerlos, olvidando las gomas detrás de él.

***

Dolores estaba intentando mover un escritorio. Él la veía y, aunque tenía intención de ayudarla, no le salían las palabras para ofrecerle su ayuda, ni lograba levantarse de donde estaba sentado. Ella hacía un esfuerzo sobrehumano por mover el pesado mueble, pero era una tarea imposible de realizar por una sola persona. De repente, el doctor entró a la habitación y, sin mediar palabras, le dio con un martillo en el pecho. Dolores, al verlo caer de espaldas al suelo, soltó el escritorio. Trató de socorrerlo, pero el doctor la empujó, y una vez en el piso, se abalanzó sobre ella, atacándola con el martillo. Intentaba gritar, pero carecía de sonido su voz. Y desde donde estaba tirado, solo lograba ver el martillo que, ensangrentado, repetía su temible viaje de muerte. Cuando menos lo esperaba, el doctor estaba frente a él, con el martillo en la mano, del cual goteaba una sangre oscura y viscosa. En sus ojos parecía haber lágrimas, como si le doliera lo que acababa de hacer, pero al acercarse, cuando levantó el martillo para pegarle, pudo ver con claridad que no eran lágrimas, si no sangre. Al primer martillazo, abrió los ojos enormemente, y pensó que allí encontraría la muerte.

El intenso dolor le hizo abrir los ojos con gran sobresalto. Pestañeó varias veces, intentando entender lo que había ocurrido. Cuando su visión se ajustó a la realidad, vio al doctor sobre él, y vio su puño descender hacia su rostro con gran velocidad y fuerza. Levantó ambos brazos, cubriendo su rostro, que ardía intensamente por el primer puñetazo. El viejo lo jaló por un brazo, tumbándolo de la cama. *Te voy a matar, degraciao.* Era todo lo que decía. El niño intentaba entender lo que ocurría, pero le era imposible. No había dejado de hacer lo que se le había ordenado, había dejado todo organizado en la cocina y en el consultorio. ¿De qué se podía tratar aquello?

Intentaba desesperadamente huir de su atacante, pero el viejo seguía golpeándolo. Logró levantarse, corrió hacia el pasillo, el doctor pisándole los talones. Estaba desesperado, sabía que no tenía escapatoria. Las puertas estarían cerradas con llave. Tarde o temprano lo atraparía y sería peor. Pero no podía dejar de correr. Se escudó tras la mesa. Antes de voltear a ver dónde estaba el desquiciado, sintió un fuerte golpe en la base del cráneo. Dos segundos más tarde, solo la lobreguez de la inconsciencia.

**

Los violentos movimientos lo despertaron. Se encontraba en un auto maltrecho. Su cabeza parecía a punto de estallar. Sentía latidos severos en las sienes. El doctor conducía con la misma destreza de un niño de cinco años. El vehículo daba tumbos, brincaba zanjas, caía en hoyos, zigzagueaba en las curvas, mientras el viejo refunfuñaba y le daba manotazos esporádicos al timón. En su ira, no se había dado cuenta de que ya se había despertado. La locura que veía en el rostro de aquel hombre le puso los pelos de punta. El camino estaba demasiado desierto. No sabía qué hora era, pero estaba muy oscuro. No quería que el doctor se diera cuenta que estaba consciente, por eso permanecía en la misma posición. Apenas abriendo un ojo, intentaba ver por dónde andaban. Pero así, recostado, la ventana le quedaba muy alta. Lo único que lograba ver era las palmeras que corrían, a gran velocidad, en dirección opuesta. Tenía que hacer algo. El doctor estaba loco y por primera vez en el tiempo que llevaba en aquella casa

123

había visto en sus ojos la intención inequívoca de un terrible deseo: darle muerte. Aunque no entendía qué había provocado aquel cambio tan inesperado, sabía que si no hacía algo al respecto, en verdad lo mataría. Pero el miedo lo paralizaba.

De repente sintió que el abuelo reducía la velocidad. Instintivamente pensó que era su oportunidad, debía salir de aquel auto, correr en vía contraria, correr con todas sus fuerzas protegido por las abominables sombras hasta perderse en la noche. Pero su temor era más fuerte que su determinación. Solo de pensar en aquellas posibilidades le temblaban las manos. La voz en su cráneo le urgía a actuar. *Salta, salta.* El miedo le había paralizado las extremidades. Sin esperarlo, una gran claridad consumió el vehículo y lo forzó a abrir los ojos, solo por un segundo.

Una camioneta con luces de xenón venía detrás de ellos. El doctor lo vio en aquel preciso instante y, casi al mismo tiempo, le lanzó un manotazo. La camioneta se desvaneció en la oscura autopista, llevándose consigo la claridad. Trató de defenderse del golpe con la izquierda mientras que con la diestra intentaba encontrar el manubrio. El viejo hundió el pie en el acelerador y el antiguo motor rugió como una leona herida, mientras el auto se estremecía y los destartalados hierros entonaban una súbita sinfonía de alaridos. La inercia los pegó al asiento, haciendo que el viejo perdiera la ventaja de la posición. El niño encontró el manubrio, pero iba tan rápido el vehículo que vaciló para jalar de él. En su pecho, su corazón redoblaba como un juego de tamboras en un evento militar. El viejo, intuyendo sus intenciones, lo agarró por la franela e intentó jalarlo hacia sí. De no ser por el cinturón de seguridad, que era de los que al cerrar la puerta se colocan automáticamente, el viejo habría logrado alejarlo de la puerta. Pero no fue así, y él, sin pensarlo más, jaló el manubrio y la puerta se abrió, dejando entrar una ráfaga de un aire frío y violento. La velocidad con la que el aire penetraba al auto producía un ruido inusual, similar al aullido de un lobo en luna llena. El muchacho, forcejeando con el doctor, veía hacia afuera, pero estaba tan oscuro que no distinguía el pavimento de las sombras. La puerta chocaba fuertemente del borde, pero no se cerraba. El viejo, que no pretendía soltarlo, apenas sí lograba mantener caóticamente el auto dentro de la pista, aunque a cada segundo, amenazaba con perder el control y estrellarse contra el muro de contención. En su esfuerzo, parecía haber olvidado los frenos, o por lo menos disminuir la velocidad. El muchacho sabía que esto no podía continuar. De seguir así, ambos terminarían matándose. Pero en verdad nada de aquello lo pensaba. Era su instinto de conservación que le imponía tales decisiones.

Sin pensarlo, se volteó y, ubicando la mano de su agresor, le clavó los dientes con toda su fuerza. El viejo pegó un grito endemoniado, soltándolo de inmediato. El muchacho trató de agarrar la puerta que seguía bailando su danza violenta impulsada al ritmo de las ráfagas de viento. Dándose cuenta de su desventaja, el viejo tiró la mano hacia atrás, olvidándose por completo de la pista, de la noche, de la vida misma, enfocado únicamente en el demonio que quería escapar. El cinturón no le dejaba alcanzar el puñal en el asiento de atrás. Rápidamente, se lo pasó por encima de la cabeza hasta zafarse de su seguro abrazo. Un par de segundos después, encontró el arma. Lo agarró con fuerza y retomando su posición frente al auto, levantó el puñal para atacar al muchacho. Algo le dijo que volteara, no sabría nunca qué, pero algo le dijo, ¡voltéate! Fue un aviso sin palabras que vino desde lo más recóndito de su ser. Cuando lo hizo, encontró el brillo fugaz del puñal viajando a toda velocidad hacia él. Levantó el brazo izquierdo tan rápidamente como era humanamente posible, y, suerte o destino, el puñal apenas le rozó la frente, causando una leve herida, por donde sin hacerse esperar, emanó un hilillo de sangre. No sintió dolor. No sintió dolor alguno porque en aquel momento solo podía sentir miedo. El doctor perdió unos segundos valiosos al retirar el puñal, creyendo haber acertado. Cuando se dio cuenta de que había fallado, cuando vio el rostro asustado de su nieto, la rabia le deformó la cara y nueva vez trató de apuñalarlo. Pero el muchacho, quizás sabiendo de un modo instintivo que si no hacía algo moriría sentado en aquel auto destartalado, se lanzó hacia el abuelo justo cuando éste levantaba el brazo, el puñal quedó por encima de su cabeza, y el impacto le hizo perder el control del vehículo. El cinturón devolvió al muchacho al asiento bruscamente. Por un momento se sintió aturdido. Viajando aún a toda velocidad, el auto se salió de la pista, milagrosamente evitando árboles y peñascos. Cuando parecía inevitable que volarían por el precipicio hasta el mar anochecido, el viejo giró el guía con todas sus fuerzas, aun forcejeando con el muchacho, intentando desesperadamente clavarle aquel puñal de acero. Las ruedas traseras bordearon el precipicio, lanzando piedras y arena hacia las profundas aguas, donde el rostro de la muerte aguardaba pasivamente. Unos pocos metros adelante, el auto dio un último salto antes de aterrizar de frente contra un cocotero.

***

Miguel iba a una velocidad prudente. A esas horas de la madrugada siempre creía la gente que nadie más transitaba, y se prestaban a medir la máxima velocidad de sus autos. Miguel sabía bien lo peligroso que era aquello. Frenar o esquivar un bólido era prácticamente imposible si uno también viajaba a gran velocidad. Por eso había apurado a la tía Flor para que no dejara nada para última hora. Su vuelo no salía sino hasta tres horas más tarde. Por eso iban sin prisa. De súbito, un auto pasó por su lado como alma que lleva el diablo, evidentemente fuera de control. Miguel y la tía se miraron asustados. El vehículo se tambaleó un par de veces, cada vez más alejado de ellos. Las luces del carro de Miguel no eran muy poderosas, a penas sí distinguía el pequeño bólido entre las fúnebres sombras. Una camioneta, a toda velocidad, les pasó aún más rápidamente que el carrito fuera de control, sus luces iluminaban toda la pista.

A lo lejos ya, Miguel vio el auto que, aparentemente, había disminuido la velocidad. Miguel aceleró un poco; fue algo instintivo, poderoso, algo que él no sabía explicar. Pero apenas se acercó, el auto retomó la velocidad, y esta vez parecía que no habría salvación para sus tripulantes. A miguel le pareció distinguir movimientos dentro del pequeño auto; quizás estaban peleando, pero estaba tan oscuro que era imposible determinar lo que ocurría.

De repente, el destartalado auto se salió de la pista. La tía Flor pegó un grito. Miguel no podía creer que estuviera viendo aquello. El carrito dio una docena de brincos y zigzags, y ya al borde del precipicio, cuando parecía inevitable que cayeran al mar, de algún modo lograron enderezarlo, evitando las aguas tenebrosas como fauces de tigre. Unos metros más adelante, el auto se estrelló contra una palmera, quedando tan quieto como las aguas del mar Caribe.

A pesar de las plegarias de la tía de que no se detuviera, Miguel parqueó el carro a pocos metros del accidente. No había señales de fuego. Miguel corrió hacia el auto, al tiempo que le ordenaba a la tía llamar al 911. Al acercarse, vio la mitad del cuerpo de un anciano sobre el bonete. Sus piernas estaban aún dentro del vehículo. El impacto lo había lanzado a través del parabrisas. En el asiento del pasajero, un muchacho yacía ensangrentado y aparentemente sin vida.

***

Una patrulla de policía llegó al lugar de los hechos dos horas después de lo ocurrido. La tía y Miguel no lograron comunicarse con el 911, y al hacer el comentario, las personas que ya se habían agrupado a pendenciar, corroboraron con anécdotas personales acerca de la ineficiencia de dicho supuesto servicio. Miguel logró en cambio comunicarse con su aseguradora, quienes le proveyeron de una ambulancia. El niño estaba vivo y, para sorpresa de todos, apenas se había rasguñado. El cinturón de seguridad le había salvado la vida. El señor, que luego se supo era el abuelo del muchacho, había muerto en el acto.

Una vez en el hospital, la policía le hizo algunas preguntas al mozalbete, incluyendo las razones del choque y por qué había un puñal en la escena. El niño explicó lo ocurrido y los agentes del orden no hacían más que mirarse entre sí, obviamente confundidos con todo aquello. A eso de las diez de la mañana, a pesar de que les explicó una y otra vez que no habría nadie allí, el niño fue llevado a casa del abuelo, pero ésta estaba cerrada con llave. Al preguntarle adónde le podían llevar, les dijo por cuadragésima vez que él ya no tenía familia,

128

que no había a dónde llevarlo. Indecisos y cansados, los agentes decidieron devolverlo al destacamento. Allí, el teniente dijo que ahí no lo quería. Así fue como fue a parar a la casa albergue, donde fue atendido sin demasiado interés por un señor de nombre indescifrable, quien le apodó 'auyama' después de escuchar la versión de los policías acerca del accidente. Por las subsiguientes dos semanas, aquel señor le aseguró desayuno, comida y cena, *en lo que averiguamos qué hacer contigo, auyama*.

En la requisa que la policía le hizo al cadáver del abuelo, le encontraron un arete de mujer ensangrentado en uno de sus bolsillos. Al cuestionarlo, el niño rompió a llorar. Les explicó lo que él suponía que había ocurrido y les dijo dónde había encontrado el arete. La policía allanó la casa del viejo con una orden de cateo. En el closet donde estaban las gomas, al removerlas, encontraron varias tablas clavadas a la pared, que fungían como entrada a una especie de pasadizo secreto. Dentro había una caja fuerte, y dentro de ésta, como si se tratara de una muñequita rusa, yacía el cadáver de Dolores, irreconocible y con el vaho más insoportable que alguien haya experimentado jamás.

***

El doctor había llegado a casa ese miércoles y se había encontrado con Dolores, que le esperaba en la puerta. La noche soplaba un viento tibio, que arrastraba a su vez un tufo indeciso entre sexo barato y alcohol, que la buena mujer de inmediato supo de dónde provenía. *¿Y tú que hace aquí a esta hora?* Preguntó el borracho mientras intentaba adivinar la llave que le abriría la puerta. Dolores se limitó a esperar a que lograra su objetivo para luego entrar tras él y cerrar la puerta a sus espaldas.

Una vez dentro, el doctor la miraba con aire cansado. *Mujer, ¿que tú quieres a esta hora? Yo no tengo cuarto, ya lo gasté...* Dolores le miraba con una mezcla de tristeza, asco y resignación. Cuando al fin habló, el doctor hizo un gesto de que no podía creer lo que escuchaba. *He venido a buscar al niño. Entrégamelo; y yo me lo llevo y nunca más tienes que verlo otra vez.*

El doctor la miró por lo que a ambos le pareció mucho tiempo. *Tú no ganas nada con ese niño aquí, solo alimentar ese rencor ciego hacia tu hija muerta. Ya ella no está, ninguna de las dos, ni tu mujer ni tu hija. Y ese niño no tiene la culpa de nada. Tú lo sabes.* Dolores sabía que aquella discusión apenas iniciaba, que convencer a aquel hombre frustrado no sería tarea fácil. Si era necesario, lo había decidido, denunciaría al doctor con la policía. *Vete, hazme el favor.* El doctor se volvió hacia la puerta, el juego de llaves aún en sus manos. *No me voy a ir de aquí sin el muchacho. Tienes que dejarlo ir, no puedes seguir siendo tan cruel con ese niño. ¡Es un niño por Dios! ¿Es que tú no te das cuenta de eso?* El doctor volteó de nuevo. La miraba con incredulidad, indeciso entre la rabia y el asombro. De repente, se le fue encima, agarrándola por el cuello. Dolores, asustada, trató de retroceder, pero el viejo tenía más fuerza de lo que ella pudiera haber imaginado. *Mira, mujer del diablo, ese muchacho se va a queda aquí, y va a sufrir to lo que yo sufrí por su maldita mai; él va a pagar to lo que su mai me hizo; to este rencor, to esta soledad; to esos años que yo pasé dando asco atrás de tu hermana, rogándole, rogándole que volviera a ser la de antes, y ella me asquerosió, me soltó en banda; me dejó solo como a un perro.*

Dolores sintió lástima por aquel pobre hombre; ese pobre borracho que no supo ser padre ni esposo. *Y tú, si no te quieres morir, vete y no vuelvas más por aquí.* La empujó hacia la puerta y le dio la espalda. *¡Vete, coño!* gritó, al tiempo que daba con todas sus fuerzas en la madera del

130

mostrador una y otra vez, sus ojos inyectados de rabia, desquiciado. La sucesión de estruendos asustó a Dolores aún más, pero su instinto de madre, su corazón que anhelaba ser madre más que nada en este mundo, le dio el valor para decirle que no; que no se iría sin el muchacho. *Si no me lo entregas ahora mismo, me voy directo a la policía. Te juro que les voy a contar todo.* Fue entonces cuando el doctor se lanzó furioso y Dolores pudo ver en su rostro que estaba fuera de sus cabales; que jamás entraría en razón. Quiso entrar a la fuerza hacia donde el niño estaba, pero ya lo tenía encima. Trató de esquivarlo. No lo logró. El peso del borracho le hizo perder el equilibrio. Cayeron al mismo tiempo, él encima de ella, y luego ya no forcejearon. Cuando trató de agarrarle las muñecas, se dio cuenta de que no se movía. Se había partido la nuca en la caída. Su rostro miraba hacia un ángulo extraño del techo, sus ojos abiertos, pero ya sin un ápice de luz. El doctor no supo qué hacer por los siguientes veinte minutos. No podía creer lo que había ocurrido. Luego, de la nada, recordó la caja fuerte, se levantó, y, llorando, se dispuso a esconderla.

La osadía del amor

El sobre seguía intacto, inmaculado sobre la mesita de noche, como una virgen de papel. Sabía que ya no lo abriría. Todas las noches lo tomaba en sus manos, lo observaba, lo acariciaba, pero la intención de abrirlo, la necesidad, había sucumbido ante el miedo. Prefería no saber su contenido. Prefería la incertidumbre a la certeza de unas palabras que estaba convencido lo urgirían a tomar acción, a ir tras aquella mujer que le había arrebatado el alma. Marta era un dulce sueño, una quimera. Sabía que lo oculto en aquel sobre tenía el poder de destruirlo. Si Marta le decía que no lo quería volver a ver, le mataría. Si le decía que lo amaba, que le esperaba, eso también le mataría.

Por eso no se atrevía a abrirlo. Prefería la tortura de verlo a diario, como una lóbrega promesa de que su destino llegaría a pesar de aquel sobre. Prefería creer que solo Dios tenía el poder para soportar lo que allí decía. Prefería simplemente acostumbrarse a su tentadora presencia, como una prueba de que aquellos días incomparables no fueron solo un sueño a perder en la memoria. Por eso, a diario se esforzaba por mantener viva, fresca, la alegría de aquellos días en el hospital. Procuraba recordar cada detalle, y con cada feliz recuerdo, las sonrisas que asomaban a sus labios le devolvían fugazmente aquella sensación de vida que en contadas ocasiones había llegado a disfrutar. Le alegraba que Marta permaneciera en su memoria como una marca indeleble, su sonrisa de luz, su rostro medio alegre, medio triste, su pelo de sangre y de vida. Permanecía impresa allí eternamente, desafiando a la entropía que todo lo corroe. Incluso ahuyentando a la nefasta voz que, una mañana llegaba y la otra no.

Era miércoles. La mañana se sentía agitada y el sol calentaba las tempranas horas. Miró por la ventana más allá de los patios y callejones, y vio la calle recobrando su vida. Había decidido no regresar al trabajo. Allí solo le esperaban preguntas. Sentía que no tenía el vigor, ni siquiera el interés, de contestarlas. Sabía que aún si las quisiera contestar, no tendría las respuestas. Había llamado días antes a un número que encontró en los clasificados. Una empresa de construcción solicitaba operarios de máquinas pesadas. Pensó que la descripción del empleo era demasiado general, máquinas pesadas había muchas y no todas se manejaban igual, pero no le importó, llamó de todos modos. Le habían otorgado una cita para aquel miércoles. Se sorprendió planchando una camisa. La levantó por ambos hombros y pensó que estaba bien para la ocasión. Supo sin esfuerzo que aquel breve influjo de vanidad se lo debía a Marta. *Me has devuelto algo de normalidad, mujer.*

Tomó un baño, se vistió sin prisa, pensó en el doctor. No había tenido el valor para llamarlo, para decirle que sus ideas le parecían menos absurdas. Se había prometido que lo haría, que le rogaría que lo perdonara. Pero luego los ciclos continuaron su incesante marcha de luz y sombras y, con el dormir y despertar, con el comer y defecar, perdió poco a poco aquella convicción de redención. Decidió sin decidirlo que era mejor dejárselo al tiempo. *El doctor entenderá*, se dijo vagamente. La cotidianidad terminaría por tragarse tanto la vergüenza como las teorías, y todo volvería a la normalidad. El doctor se olvidaría de él, de Marta, y de aquellas fantasías, y con el tiempo, cuando algún detalle cotidiano inevitablemente le recordara a alguno de ellos, recordaría todo aquello como una mueca fugaz e irrelevante en la cara de su pasado. Y sin lugar a dudas, se sonreiría.

Se vio en el espejo justo antes de salir y se detuvo. Había adquirido la mala costumbre de vestirse sin mirarse. Pero al verse, se percató de que su físico no era ni remotamente la masa deforme y fétida que él constantemente se imaginaba. Por el contrario, al verse, reconoció que ciertamente no era tan mal parecido como él se percibía, y, negando con la cabeza, volvió a culpar a Marta de todo aquello. *Si no me hubiese enamorado de ti, no estaría perdiendo el tiempo aquí parado, viéndome en el espejo y pensando que soy mejor de lo que en verdad soy.* No se demoró más. Bajó las escaleras y reparó como siempre en los grafitos. Una parte de sí quería convencerse de que los odiaba, pero secretamente, admiraba la osadía y el talento de esas personas. Al menos se arriesgaban a hacer lo que realmente querían. Era más de lo que él podía decir de sí mismo.

Al abrir el portón de hierro colado, sintió la fuerza del arrepentimiento. Escuchó brevemente el eco de aquella voz susurrando que aquella era una mala idea. Se detuvo. Avanzó un paso hasta la acera y se detuvo de nuevo. ¿Hacia dónde iba? La brisa de la mañana apenas se sentía como un murmullo en la piel. Miró a su alrededor y las gentes avanzaban con su típica premura. Un anciano pasó lentamente empujando un viejo triciclo. *Mírate la jagua... llevo melones, naranja, piña... mira qué grande tengo los limones...* Recordó que conocía a aquel pobre señor desde que él era niño, siempre empujando el mismo triciclo, siempre cantando las mismas palabras, siempre luciendo tan viejo como en ese momento. ¿Sería feliz ese señor? ¿Acaso entendía por felicidad lo mismo que él entendía?

No te detengas. Subconscientemente, quiso creer que aquella era la voz de Don Pedro. Quiso creer que era su salvador, su mentor, su amigo el que le urgía a seguir, a buscar ese trabajo, a enderezar su vida. Quería creer que al menos uno de sus muertos no había perdido del todo la conexión que en vida habían compartido, que desde la otra dimensión, a través de su relación, del afecto que existió entre ellos, todavía podían comunicarse. Pero sabía que aquella era su propia voz. Y sabía, con la mayor convicción de toda su vida, que tenía que hacerle caso a su voz interior por lo menos esta vez. *Dile no a la falta de voluntad. Dile no al miedo. Dile al pasado que ya es suficiente. Dile que hoy eres el hombre que siempre debiste ser.* Era su voz, pero hablaba con una fuerza y convicción de las que no se creía capaz. Era su voz, y le estaba diciendo que él era otro; que al fin el verdadero él había hallado el valor para saberse valioso; que ya había llegado el momento de enfrentar su destino. Dio otro paso. No pensó. Dio otro. Y luego otro, y para cuando se percató de que el portón de la verja había quedado abierto, ya iba demasiado lejos como para devolverse.

✳✳✳

Durante la entrevista pensaba en Marta. Pensaba en el sobre que yacía silencioso en su cuarto, esperando gritar sus secretos a los cuatro vientos. Su interlocutor, el licenciado Ureña, con su aire oligarca y su bigote alborotado, le hacía preguntas innecesarias, cosas que ya estaban en su currículo, el cual el buen licenciado llevaba diez minutos sosteniendo en sus manos. *Y dígame, señor mío, ¿qué experiencia tiene en el área de construcción?*

Aquella recién descubierta voz interior, que le había otorgado tan repentinamente un valor desconocido para él, le decía que el próximo paso era buscar a Marta. *Ve y búscala. Esta es tu oportunidad. Este es el mejor día de tu vida porque sabes que hoy puedes hacer cualquier cosa. Hoy eres la mejor versión de ti, la que has esperado por tantos años. Y sabes*

135

que lo que eres hoy se lo debes al amor que ella ha sembrado en tu
corazón.

No podía creer lo que estaba ocurriendo. Después de
tantos años de soledad, de hastío, de creerse nadie, de
pensarse inservible, ahora por fin había llegado algo a su
vida que le había hecho renacer. *Esto es el amor. Esto es el*
amor. Esto es lo que inspira a los poetas, lo que hace milagros, lo
que Dios quiso que rigiera al mundo. Este es el amor que todo lo
puede, y hoy te has despertado y te has dado cuenta de que está en
ti. Y Marta es la que te ha dado esta nueva oportunidad. Le
costaba creer que se sintiera así. Por un momento, por
un instante poderoso y temible, antes de salir a la calle,
había sentido que perdía el control total de su vida de
nuevo, como aquellas veces que, abrumado por sus
fracasos, por sus pérdidas, por su falta de autoestima,
había decidido quitarse la vida; pero esta vez el amor lo
había salvado. El amor entró a su corazón y a su mente.
Ahuyentó los malos sentimientos, los inútiles pensamientos. Ahora el mundo era diferente. El mundo era lo
que él soñó que sería en esos hermosos y fructíferos
años que vivió en el anexo donde su buen amigo le
había albergado.

¿Caballero? La voz del licenciado lo devolvió a la oficina.
Oh, perdone usted licenciado, toda mi información personal está en
el currículo al igual que todo lo pertinente a los trabajos que he
realizado. Lo que usted no va a encontrar en esas hojas es lo que
voy a decirle ahora mismo: si lo que anda buscando es un hombre
que no le tenga miedo a trabajar las horas que la compañía exija,
un hombre responsable, y un hombre honesto, entonces yo soy su
mejor opción. No pierda tiempo entrevistando gente que no está
segura de lo que quiere. Contráteme y no se arrepentirá. Le doy lo
más sagrado que puede ofrecer un hombre: mi palabra.

Salió de aquella oficina con una sonrisa, con la convicción de que era un hombre nuevo. El aspirante a oligarca le había dicho que le llamaría, pero eso lo tenía sin cuidado. Si no era ése, sería otro. Ya sabía con certeza que su vida estaba encaminada al triunfo, a la felicidad. Le sorprendió aquella sensación en su pecho, aquel grato estremecimiento en sus adentros que le decía que por fin estaba vivo, que gracias al amor su vida entera acababa de dar un giro de 360 grados y que sencillamente sus frustraciones no le atormentarían más. Estaba decidido, iba en camino a encontrarla. Los sonidos de la ciudad lo distrajeron. Era increíble como todo le parecía diferente. Como si la ciudad hubiese adquirido un nuevo esplendor. Al verse reflejado en el cristal de una tienda, vio a un hombre diferente, con una gran sonrisa y evidentemente emocionado. Pero sobre todo, vio a un hombre salpicado de esperanza, dispuesto a enfrentar sus miedos y a vivir su vida a cabalidad. Su reflejo le hizo sonreír aún con más amplitud. Aceleró el paso. No estaba lejos del hospital. Decidió caminar hasta allá. Ensayaba lo que le diría a Marta y cómo se lo diría. Los latidos de su corazón le gritaban que había esperado aquel momento sin saberlo. En sus sueños, se había visto como se veía ahora: un hombre decidido a ser feliz. Marta le correspondía, entregándose a él sin reservas.

Una nube cruzó por su mente. Vio de nuevo al doctor sentado frente a él, diciéndole que no podía morir, que era inmortal. Vio a Dolores, a sus padres, a su tío Papito, muertos a destiempo, y su corazón se estrujó. Pero esta vez era diferente y él lo sentía. Se llenó de alegría. Ya no pensaba con la mente. Era el corazón el que regía sus pensamientos ahora, y el corazón le dijo que si era inmortal, entonces su amor haría a Marta inmortal también. No podía creer lo que estaba pasando. No había miedo en él. La muerte de sus amados seguía en su cuerpo como un tatuaje indeleble, pero en aquel momento no era más que solo eso: un tatuaje que le acompañaría por siempre, que él intentaría mantener oculto, pero ya no por miedo. Era un tatuaje al fin, y como todo tatuaje, no tenía poder para hacerle daño. *Doctor, lo siento, pero no creo nada de lo que me dijiste. No soy inmortal y no existe maldición alguna. He sido un cobarde y un desdichado toda mi vida, pero ya no más. Ya no más. He encontrado el amor y voy a ser feliz.*

Creyó que había pensado aquellas cosas, pero en verdad las había dicho en voz alta. Los que pasaron a su lado, lo miraron con ojos graciosos, y sin duda pensaron que estaba loco. Pero él no reparó en ellos. Faltaban pocas cuadras para llegar al hospital, su corazón latía casi con furia. Pero no había nada malo con aquella fuerza de su corazón, por el contrario, solo un corazón enamorado late con tanta impaciencia, y cada latido es como la premonición de una alegría.

Pensó en el sobre. Aquel sobre que tanto le atormentó. Aquel sobre que hasta hacía unas pocas horas le había inspirado solo pánico, ahora pensaba en él y no sentía siquiera aquel vacío en su estómago. No hacía falta abrir el sobre. Respetaría su misterio por el resto de sus días, independientemente del rumbo que su vida tomara. Algunas cosas era mejor que permanecieran vírgenes.

El hospital se erigió frente a él tras la esquina como una muralla celosa de una gran ciudad. No pudo evitar pensar que la primera vez que había estado allí había intentado quitarse la vida. Cientos de personas transitaban dentro y fuera. Más que un centro de salud, parecía un mercado. Docenas de vendedores ambulantes desfilaban con sus productos en canastas y en poncheras. Vendían palomitas de maíz en funditas plásticas, conconetes, palitos de coco, dulces de maní, frutas... algunos tenían puestos improvisados en las aceras, donde ofertaban yaniqueques, panes con huevo frito, y frituras de toda índole, además de contribuir con el desorden, entaponando el flujo de los peatones.

Una señora con una niña al hombro, no mayor de cuatro años, ordenaba un servicio de salami con fritos verdes. El vendedor, ducho en sus menesteres, con la diestra contaba, guardaba, y devolvía el dinero; mientras que con la siniestra, ajena a la invención del guante, asía, contaba, y enfundaba los pedidos. De vez en cuando se agachaba a un segundo compartimiento debajo de donde descansaban las frituras y, olvidando con qué mano hizo qué, tomaba un pedazo de cartón para espantar las diez o doce moscas que sobre la mercancía revoloteaban cual aves de rapiña, reposando ocasionalmente sobre un muslo o un pichirrí.

Se adentró en los pasillos y se sonrió al reconocer que se acababa de unir al club de los que andan corriendo en ellos. Imaginó que como él, en su momento, alguien lo vería desde una habitación e inevitablemente se preguntaría a dónde iba con tanta prisa. Seguramente pensaría que acudía a ver a alguien muy enfermo. Quizás hasta sentiría lástima por él. Al final de aquel pasillo largo y amplio, el rojísimo pelo de Marta resplandecía como una gran estrella en el firmamento de una noche llana. Su corazón se aceleró. En su estómago se posó un susto casi infantil. Allí estaba Marta; algo le detuvo. Le flaquearon las piernas. La determinación que hasta entonces había sentido se desvaneció, dando paso a un miedo tiránico. Hacía semanas que no la veía. Había salido de aquí habiéndola rechazado. Había decidido no enterarse de lo que ella había querido decirle en aquella carta que aún aguardaba, añejándose dentro del sobre inmaculado. Desde aquel triste adiós no la había llamado si quiera, ni una sola vez. Ahora pretendía llegar aquí como que nada de aquello había ocurrido, como si el tiempo no hubiera pasado, como si ella no hubiera sufrido por su distancia, su rechazo y su silencio. ¿En qué estaba pensando? Lo más prudente habría sido llamarla, ponerla sobre aviso, explicarle cómo habían acontecido las cosas y rogarle que le perdonara, que le permitiera acercarse a ella de nuevo. Pero en su euforia solo había pensado en él. Lo que Marta querría o sentiría no le había cruzado por la mente hasta entonces. Quiso dar vuelta atrás. Sus zapatos estaban hechos de cemento. Quiso salir corriendo de aquel lugar antes de que la mujer que amaba lo viera, quería evitarle aquel trauma innecesario.

Ya estás aquí. No huyas de tu verdad. Esto es parte de tu nuevo tú. Otra vez era como si alguien más le estuviera hablando. Era su voz, pero sin dudas, era también una voz diferente, una que aún con su mismo timbre y tono, reflejaba una madurez que él creía no haber alcanzado. Era necesario hacerle caso a su voz. Él sabía que era lo correcto, sabía lo que tenía que hacer. Las otras veces no había escuchado el consejo de su voz interior. Había terminado desperdiciando su tiempo y sus talentos.

La vio moverse y se decidió. Perderla no era una opción, así que haría lo que había venido a hacer: a decirle que la amaba, que quería pasarse el resto de su vida con ella. Eso era lo que a él le correspondía. Si ella lo rechazaba, ya esa sería otra historia. Si Marta no estaría con él sería una decisión que ella tomaría. No la perdería por miedo. Jamás perdería otra cosa en su vida por miedo o por indecisión. Incluyendo la vida misma.

Marta dobló a la derecha en el siguiente pasillo y él tuvo que acelerar el paso para alcanzarla. Cuando estuvo a una distancia prudente, y ya sin poder soportar los nervios ni la angustia, llamó su nombre. Su voz la paralizó en el acto. Así de espaldas, no tenía forma su cuerpo bajo la blanquísima bata. Era evidente que llevaba algo en las manos, a la altura del pecho, pues de sus brazos solo los codos se veían. Así de espaldas podía ser cualquier persona, pero su pelo la delataba. Y a él le pareció hermoso y seductor como su pelo caía libremente sobre la bata, creando aquel perfecto contraste entre blanco puro y rojo eterno.

Marta. Esta vez lo dijo con menos fuerza. La emoción de verla hizo que temblara su voz. Marta volteó. Su rostro mostraba un asomo de sorpresa. Se estremeció por un breve instante al ver las facciones de la mujer que amaba. Si en algún momento le había parecido una mujer común, ya no lo creía. Al verla de nuevo, se le antojaba preciosa, como una gema invaluable recuperada en el tiempo. Había preguntas en sus ojos. Él las vio y no pudo evitar que los suyos se humedecieran. Pero también había sorpresa, inocencia, y, aquello que le hizo correr hasta ella y abrazarla sin decir más: alegría.

Se confundieron en un abrazo largo y silencioso. Y era tan hermoso abrazarse de aquella forma, sincera y tiernamente, que ninguno quería ser el primero en alejarse. Permanecieron así, fundidos, entregados, derretidos en aquel poderoso abrazo por largo rato hasta que, sincronizados quizás por la magia del amor, despegaron sus rostros al mismo tiempo para poder mirarse. Cuando se vieron, cada uno buscó, con la calma de quien ve ante sus ojos lo inevitable, la boca del otro, olvidando por completo lugar y tiempo, y todas las cosas que en medio de estos ocupan y complementan la existencia. Fue un beso delicado y profundo, como si por medio a él, se estuvieran diciendo todas las verdades que hasta entonces habían callado, como si en la dulzura de aquel beso, pudieran también poseerse enteros el uno al otro, completos en aquel instante eterno del beso primero y único, en esa implosión de sentimientos que llevó luz a sus corazones.

Al recordar dónde estaban, se separaron, mirando a su alrededor. El rostro de Marta yacía sonrojado. Otra enfermera le reprochó con la mirada, ella tuvo que asentir y esquivar aquellos ojos acusadores. Pero por dentro nada de esto realmente le importaba. Nada de lo que pudiera suceder de ese momento en lo adelante le importaba más que lo que acababa de ocurrir. El hombre que ella amaba había venido a buscarla. Había en sus ojos algo que ella no había visto hasta entonces: felicidad. Aquel hombre era el mismo, pero bien podía ser otro. Era el mismo de quien ella se enamoró, pero ciertamente no era el mismo que había intentado quitarse la vida. En su mirada ella acababa de ver la fuerza de una esperanza sin par. Había en aquellas pupilas una certeza y un ímpetu que le resultaban difíciles de igualar, incluso a ella misma y en aquel momento de tanta dicha. Aquel era y no era el mismo hombre, y mirando al cielo, más allá del blanco yeso del techo del hospital, le dio gracias a Dios por aquel milagro.

***

En las semanas que subsiguieron, los enamorados estaban cada vez más locos de amor. La compañía constructora le llamó para darle el empleo y este comenzó de inmediato. Sus horas de salida coincidían con las de Marta en una semana, pero para la siguiente tenían que ingeniárselas para estar juntos, pues el horario de la constructora era rotativo. Una semana sí, la otra no, tenía que tomar un turno nocturno. Cuando coincidían, Marta casi siempre salía una hora antes que él, se trasladaba hasta la constructora para esperarlo. El viaje desde el hospital le tomaba unos cuarenta minutos en guagua pública, así que lo que tenía que esperar para verlo salir eran unos veinte minutos. Era un viaje innecesario, pues le quedaba mucho más cerca ir directamente a la pensión y esperarlo allí, tranquila, viendo la tele. Pero ella le había dicho que le era grato ir a buscarlo, y él, cuyo rostro inevitablemente se llenaba de júbilo al verla sentada en el banquito de cemento, leyendo algún libro, no volvió a tocar el tema. De allí iban la mayoría de las veces directamente a la pensión donde, tan pronto cerraban la puerta, se desvestían con frenesí, evitando palabras con sus lenguas, tirando de una manga aquí, de unas pantaletas acá, devorándose a besos en el proceso vertiginoso, lamiendo, tocando, rozando, procurando gemidos, vertiendo fantasías en la piel, fantasías que solo dos seres esclavizados por el amor logran alguna vez trocar en realidad. Cuando concluían, exhaustos, se dejaban caer boca arriba sobre su cama, una sonrisa satisfecha, casi ingenua en sus labios, evidenciando la pureza del acto consumado, sus manos entrelazadas, su unión perfecta.

Abandonados al gozo de su pareja, a veces tan pronto se miraban a los ojos se levantaba nueva vez su lívido, invitándose a perderse de nuevo en los laberintos del placer y la gloria. Hicieran lo que fuere, lo cierto es que al final, cuando el sublime cansancio a penas les permitía susurrar, poco antes de adentrarse en el dominio de Morfeo, las últimas palabras siempre eran las primeras: *te amo*.

Malas influencias

Su décimo cumpleaños lo pasó entre desconocidos, conformados por un centenar de niños huérfanos como él y de monjas que poco hacían para disimular su hastío por la vida que llevaban. Tenía un mes y trece días en aquel recinto y ya se había pasado siete meses en uno anterior, del cual tuvo que ser trasladado por problemas de espacio físico. Este era el hogar para niños Doña Rosa, donde las autoridades gubernamentales pertinentes enviaban a niños huérfanos, y a otros que yacían huérfanos también, pero de padres vivos.

Con la ida del doctor, ya no le sobrevivían parientes directos. Antes de los diez años de edad, había perdido bajo la certera guadaña de la muerte a su familia completa. La soledad que el mundo le imponía amenazaba con matarlo a él también. Miró a su alrededor, nada de lo que veía era de su agrado. El albergue era una especie de precinto carcelario modificado. Las supuestas habitaciones no eran más que pequeñas celdas cuyos barrotes habían sido reemplazados por cortinas. Una única ventana, con hierros por fuera, entregaba las bondades naturales del clima, y como no tenía persianas ni nada que fungiera como tal, el clima literalmente se desbordaba por aquel hueco cuadrado. Las paredes estaban pintadas de un verde casi militar, en las partes donde la negligencia había tirado de la pintura, otras tonalidades de verde se entreveían. Dos camas, de las denominadas 'sándwich', ocupaban casi todo el espacio de cada habitación, de manera que a la hora de dormir, no había otra opción más que acostarse. Si alguno pensaba en no dormir por asuntos de rebeldía, sin dudas podía hacerlo, pero al final terminaba por rendirse, ya que no había espacio para estar de pie, y después de una hora sentado en la angosta camita, no le

144

quedaba de otra que recostarse hasta quedar vencido por el dios del sueño.

No sabía cuántos niños había en aquel lugar. A la hora del desayuno, había perdido la cuenta cuando iba por sesenta y tres, pues las filas de niños sentados en hileras de bancos de madera, parecidos a los que abundan en las iglesias, le dificultaban la tarea de contar todas aquellas cabecitas. Concluyó que debían ser más de ciento cincuenta. No estaba muy lejos. Ciento veintinueve niños, en su mayoría huérfanos de ambos padres, residían en el hogar Doña Rosa. La edad máxima eran catorce años y no había edad mínima.

Doña Rosa había sido una monja proveniente del Seibo, que desde los veinte años se destacó por sus aportes a la comunidad, en especial por el trato y la preocupación que siempre mostró para con los niños de la calle, aquellos a quienes sus padres de un modo u otro habían abandonado. Doña Rosa ocupó cincuenta y dos años de su vida al servicio de la comunidad, y, habiendo influido en la construcción de escuelas públicas e iglesias a lo largo y ancho de su pueblo natal y de la provincia del Seibo, dirigió luego su atención a la ciudad capital donde descubrió que el trabajo que le aguardaba era infinitamente más arduo. Después de largos años de lucha, logró fundar el hogar para niños huérfanos Santa Devoción, el cual, tras su muerte a los setenta y dos años de edad, fue rebautizado con su nombre.

Honor a quien honor merece.

La pobre doña Rosa habría llorado lágrimas de sangre si hubiera tenido forma de saber en lo que sus sucesores habían convertido su gran sueño. Las monjas que dirigían el hogar en aquel momento ignoraban por completo el término bondad. Eran mujeres amargadas, auto-rígidas y con una fácil vocación al uso y abuso de la fuerza. Estaban convencidas de que el hogar era una institución cuyo fin era reformar a toda costa y sin escatimar esfuerzos a cuanto vándalo delincuente residiera en sus entrañas. No hacía falta realizar un examen psicológico para saber a ciencia cierta que aquellas monjas eran mujeres frustradas, desequilibradas emocionalmente, que entraban en el oficio bus-cando liberarse de sus demonios, intentando abrir sus corazones al amor de Dios, pero secreta e inconscientemente huyendo de la sociedad que les había ultrajado. Solo para luego tomar su revancha contra aquellos niños que, en su retorcida lógica, malgastaban su tiempo y la oportunidad que el hogar les brindaba. Un par de docenas de estas siervas del Señor dictaban, super-visaban, y hacían cumplir, a raja tabla y no con poca inclinación al maltrato físico, las reglas.

Un sabio dijo una vez, *los niños solo aspiran a lo que ven. Es el medio ambiente donde se desarrollan lo que determina lo que llegarán a ser.*

La crueldad de las monjas se reflejaba directamente en los niños que ellas habían jurado ante Dios y el estado proteger y educar. Solo los más pequeñitos conservaban aún un ápice de su inocencia, pero era algo tan ínfimo que solo en contadas ocasiones se hacía evidente. En aquel ambiente de prohibición, de frustraciones, de ignorancia, de abuso constante, no había espacio para la educación, y mucho menos para la bondad, la compasión o la camaradería. Esos niños, lejos de ser instruidos para formar parte de la sociedad de manera fructífera y digna, eran degradados y moldeados dentro de parámetros violentos y resentidos. Convirtiéndolos poco a poco en pequeños monstruos sin fe, sin norte, sin el más básico sentido de la amistad o de la solidaridad. Los que se mantenían unidos, lo hacían porque entendían el concepto elemental de que en la unión está la fuerza. No eran amigos, solamente parte de un mecanismo de defensa que quedaba implícito en los momentos de guerra, cuando una pequeña pandilla tenía que enfrentar a la otra, buscando controlar la distribución de lo poco que desde fuera llegaba al precinto. Eran pandilleros, gánsteres en miniatura, dispuestos a todo por el vano reconocimiento de su grupo como los jerarcas del patio. Las monjas sabían de estas pandillas. Les irritaba el concepto. Cuando podían, tomaban cualquier pequeño pretexto para castigar al primer sospechoso de pertenecer a una de ellas. Pero sabían con claridad que por más esfuerzos que hicieran, aquellos pequeños truhanes, liderados por los más viejos, eran demasiados, y evitar que se reunieran en secreto para organizar sus planes y asaltos, que eran necesariamente cada vez más y mucho más osados, era una tarea imposible para el diminuto grupo que, en comparación, ellas constituían. Los cabecillas de las gangas estaban conscientes de la situación. Llevaban tantos años allí que conocían al dedillo todos los movimientos del personal. Pero era, por supuesto, una partida de un ajedrez violento.

La madre superiora, Sor Felicia, y sus dos grandes generales, Sor Salomé y Sor Eulalia, sabían dónde atacar. Los comandantes, esos muchachos que por su edad estaban a punto de ser despachados supuestamente a otras instituciones del estado, pero que en la cruda realidad eran expatriados a las hostiles calles de Santo Domingo, a un futuro muy cierto: el de la criminalidad; eran los blancos principales de las estrategias de ataque de esos tres colosos, convencidas de la máxima que reza que para deshacerse del problema que el animal representa hay que arrancarle la cabeza.

Algunos de esos muchachos, violentos, mal humorados, irrespetuosos y desafiantes, habían desaparecido por arte de magia. Entre los niños se propagaban los rumores de que a fulano 'se lo lambieron'. Otros, los menos fantásticos, aseguraban que la madre superiora tenía sus relaciones con policías corruptos que por poca cosa podían poner a cualquiera en la calle, aun cuando no había cumplido los quince, que era la edad necesaria y legal para poder ser transferido. (Ya a los catorce por lo general los echaban). La verdad era que, aunque pocos, esos muchachos se habían desvanecido para no volver. Por un tiempo, la partida permanecía inclinada a favor de las monjas, mientras el horror se apoderaba de la imaginación de sus jóvenes adversarios.

En más de una ocasión, no obstante, las monjas sintieron en carne viva la retaliación de las hordas enemigas. A Sor Leticia, una monja que por su tamaño sería fácil confundir con una huerfanita, al tratar de poner fin a una reyerta en la que se enfrentaban dos pequeñines, le abrieron la cabeza con una lata de pintura que alguien había dejado en el lugar equivocado. Dieciséis puntos de sutura fueron necesarios para conservar en su sitio la poca materia gris que la madre naturaleza le había concedido a aquella mujer. A Sor Elena, una mujer de aspecto hombruno cuya boca solo servía para herir, la bañaron de una sopa ardiente, la que, amotinados por la desaparición de El Chinito, robaron de la cocina con olla y todo. Las quemaduras que sufrió aquella mujer fueron tan graves, que, a su regreso al año siguiente, parecía un espectro salido de una novela de horror.

Después de cada uno de estos actos de rebeldía, la venganza de las monjas había sido tanto sádica como inevitable. Como la madre superiora sabía que cada cierto tiempo algún tutumpote con ínfulas de Robin Hood pasaría a inspeccionar, las monjas tenían órdenes irrefutables de repartir palizas a diestra y siniestra y por las razones más risibles a cuanto desgraciado muchacho se les cruzara en el camino, *pero eso sí, hermanas, nada de dejarles marcas donde no se les puedan tapar.*

Esos fueron momentos de puro horror. Veía a aquellas mujeres vestidas con los atuendos que la santísima iglesia otorgaba a sus fieles, los atuendos de Dios, atacando de a dos y tres a niños indefensos, pegándoles con correas de cuero, con reglas de madera. En sus rostros, que era lo más tenebroso, había rencor, saña, pero sobre todo, como una especie de máscara, de segunda piel, era evidente que había también una sádica satisfacción: como si disfrutaran cada golpe propinado a aquellas pequeñas criaturas. Las monjas querían creer (y ya habían llegado a un punto en que lo creían), que aquellos niños tenían de algún modo misterioso e inexplicable la culpa de sus desgracias. Malograrlos a golpes, destruir su estima, convertirlos en delincuentes, en desadaptados sociales, de alguna manera, morbosa por demás, las hacía sentir mejor con respecto a sí mismas.

En el tiempo que estuvo allí nunca conoció una sola de aquellas supuestas monjas que no fuera un engendro salido del mismo averno. En los días de las golpizas gratuitas, le tocaron dos. En la primera trató en vano de defenderse, logrando solamente alargar la ofrenda de palos y correazos, los cuales se detuvieron cuando los brazos de aquellas tres amazonas ya estaban ador-mecidos por el esfuerzo. Aquella primera golpiza lo mantuvo inmovilizado por tres días, adolorido y afie-brado, y absolutamente solo. En esos días terribles aprendió que el cuerpo humano es mucho más resistente de lo que uno piensa, que el factor curativo innato del cuerpo realiza una labor increíble, digna de un gran acto de magia, haciendo honor a la maestría de

149

Dios. Después de tantos golpes, sinceramente no creía que pudiera recuperarse al cien por ciento, y mucho menos que lo haría tan rápidamente, pero así había sido. La segunda golpiza, justificada con el pretexto de que alguien en la fila donde él se había sentado a almorzar junto con otros veinte mu-chachos había hurtado un plato, la recibió como todo un mártir: solemne y austero. Para sorpresa de las endemoniadas monjas, recibió el castigo como todos los demás, tratando de escudar con los brazos cada golpe, pero a diferencia de los demás, no emitió un solo quejido, ni una maldición, ni un solo ruido.

Esa noche, cuando ya las luces habían sido apagadas, Tito, un niño fornido y media lengua, de unos doces años, le preguntó si él había robado el plato. Llevaba tres meses en aquel lugar y era la primera vez que uno de esos rufianes le dirigía la palabra para otra cosa que no fuera insultarlo, amenazarlo sin razón aparente, o golpearlo para arrebatarle la comida. *Nadie se robó el plato. ¿Qué diablo va a hacer nadie con un jodío plato en un sitio como éste?* Cerró los ojos, buscando el sueño que lo sacara de aquel infierno. Trató de recordar las cosas bonitas para ver si así se olvidaba por un instante del ardor que los golpes le habían dejado en todo el cuerpo, pero no logró ver más que féretros, oscuros ataúdes donde, duros como cabezas de clavo, yacían inmóviles los cuerpos de las únicas personas que lo habían querido.

Esa noche lloró un poco más alto que las otras, pero nadie le escuchaba. Solo Tito creyó escuchar un gemido, pero lo descartó de inmediato. Estaba claro que aquel muchacho no lloraba. Y tomó una nota mental de que se lo presentaría al Arcángel en la mañana.

***

El Arcángel era un muchacho de pelo rojizo, alto para sus catorce años, y de una notoria elegancia facial. No era musculoso, tampoco flaco. En sus ojos era fácil distinguir una callada inteligencia, algo de frialdad, y la confianza que dan la experiencia y el poder. Tito le había susurrado al oído que lo llevaría a conocerlo, y él, ajeno a lo que aquello pudiera implicar, simplemente asintió. Aunque no hubiese podido ponerlo en palabras, de una forma *a priori* sabía que no tenía miedo. Al escuchar a Tito hablar de su persona, comprendió con gran simpleza que en aquel mundo en guerra, un guerrero sin miedo era un as. Fue en ese momento cuando comprendió de qué se trataba aquella entrevista silente: estaba siendo ofertado por Tito para pertenecer a una de las bandas. Era evidente que Tito había presenciado la paliza que las monjas le habían dado y que su entereza le había impresionado. Cuando el Arcángel lo estudió de arriba a abajo con la mirada de un experto catador de guerreros, entendió que solo habían dos opciones: come o que te coman. Arcángel le miró a los ojos y le preguntó si estaba dispuesto a todo. Él sostuvo aquella mirada desafiándola, apoyado en la convicción de que ninguno de los que en aquel infierno residían habían sufrido más que él. No hizo falta que respondiera, Arcángel miró al oeste casi sonriendo, satisfecho con su nueva cosecha.

Desde aquel momento, se convirtió en la mano derecha del Arcángel. Rápidamente, su fama de no temer alcanzó todos los rincones del recinto. En reiteradas ocasiones tuvo que hacerle honor a los comentarios, liándose a trompadas con niños mayores, más altos y más corpulentos que él. En algunas salió mal parado, recibiendo golpizas espectaculares, detenidas a tiempo por los reglazos de las monjas. Pero todas y cada una de esas peleas cumplieron con su cometido: dejar en claro que a nadie le tenía miedo. Con el tiempo, y a base de golpizas, aprendió el peligroso arte del pleito. Para cuando había cumplido cinco meses en el hogar, ya nadie se atrevía a contradecirle. Había perdido la cuenta de con cuantos o con quienes había peleado. Y le tenía sin cuidado. A los únicos que respetaba era al Arcángel y a Tito. Aprendió con ellos que sin miedo se podía conseguir todo lo que quisiera del que les temía.

Iba por el patio sembrando terror. Amenazaba a los más pequeños, repartía coscorrones, bofetadas, y patadas al más bonito, y había aprendido, al estudiar sus reacciones, que muchas de las monjas también le temían. A la hora del almuerzo comía en silencio, miraba a todo el que le quedaba cerca con algo de locura en las pupilas. Cuando masticaba, hacía tantos movimientos faciales, con la mandíbula, con los párpados, que parecía insinuar que quería comerse a alguien. Nadie le miraba fijamente. Los pocos que no le tenían miedo habían aprendido a respetar su espacio. Y él, consciente de que no ganaba nada más provocándolos, nunca se cruzaba en sus caminos. De lejos, las monjas le observaban disimuladamente. Y él, disimuladamente, también, notaba que sus locuras provocaban en ellas reacciones similares a las de los niños. Nadie sabe lidiar con la locura. Mientras creyeran que era un loco peligroso, nadie se le acercaría.

***

La noche del 24 de diciembre, fría y ajena de estrellas, Arcángel, Tito, él y un lunático al que le llamaban Pecao, le prendieron fuego al Hogar. Pecao había conseguido

152

un pote de gas de la cocina y Tito los fósforos. Arcángel había ideado todo el plan. A él, el loco, le había tocado ser el señuelo. Aquel mismo día, a la hora del almuerzo, habiendo terminado de comer, se levantó de su asiento y, plato de aluminio en mano, caminó hasta donde las monjas normalmente se sentaban. Acostumbradas a la rutina, confiadas de que ninguno se atrevería a romper las reglas, no se percataron de que aquel endemoniado muchacho ya estaba sobre ellas hasta que sintieron la andanada de platazos sobre sus cabezas. Eran dos, pero la furia de aquel demente era demasiado para ellas, que solo atinaban a gritar a todo pulmón, intentando en vano bloquear los golpes con sus antebrazos. Veloz crecía la algarabía del público, que simplemente no podían creer lo que veían.

Detrás de la puerta que las monjas guardaban, estaba la cocina. Para poder entrar a ella, había que esperar a que abrieran desde el otro lado. Tito y Pecao estaban al acecho. Cuando escucharon el tintineo de las llaves, todos estaban alertas. Sin disminuir la descarga de golpes, se alejó de la puerta un metro o dos, dándoles espacio a las sores a que entraran. La puerta se abrió, y como hunos enfurecidos, cuatro hermanas se abalanzaron sobre él, tablas empuñadas y ojos inyectados de rabia y de incredulidad. Al verlas, dio tres pasos hacia atrás. Luego, antes de que acabara en tragedia aquella noche, algunos de los muchachos que estaban más cerca comentarían con envidia que el que nunca sentía miedo había dado tres pasos para atrás a la hora de la verdad. Pero Arcángel, que lo había planeado todo a la perfección, vio su cara en el momento exacto de la reversa, y sintió dos cosas cuando vio la mueca insana que adornaba aquella cara: admiración y satisfacción. Aquella mueca, en cualquier otro momento, habría pasado por una sonrisa.

El loco había hecho exactamente lo que el Arcángel le había requerido: *tan pronto salgan las monjas, echa patrá, así le das espacio y tiempo a Tito y a Pecao a entrar a la cocina sin que lo vean.* El plan salió a la perfección. Solo alguien sin miedo podía cumplir con aquella parte sin errores, y el Arcángel supo desde el momento que lo conoció que aquel muchacho era el tipo perfecto. Cuando todas las monjas estaban sobre él, bañándolo a palos, Tito y Pecao entraron a la cocina y robaron lo que necesitaban. Ya se podía escuchar el ruido de los refuerzos en camino. Arcángel, viendo que de seguir así lo matarían, decidió que valía la pena arriesgarlo todo. Cuando sus cómplices ya estaban de vuelta, el Arcángel dio la orden y una docena de muchachos corrieron hasta las puertas. Entre los manubrios de hierro que servían para halarlas, colocaron las patas de las sillas donde se sentaban las centinelas. Los muchachos, cuales héroes revolucionarios, sostuvieron las puertas cerradas por largos y titánicos minutos, soportando con bravura las fuerzas de la legión de monjas que intentaban derribarlas desde la violada cocina.

Sin perder tiempo, otra docena de muchachos, envalentonados por los acontecimientos, les entraron a platazos a las monjas que intentaban asesinar al loco. Las monjas, a reglazos, trataban de mantenerlos alejados, pero poco a poco, movidos por esa energía invisible y contagiosa de la violencia colectiva, decenas de niños se levantaron de sus bancos y se lanzaron sobre las monjas, que al ver aquella manada, intentaron huir, corrompidas por el miedo. Pero cuando voltearon, se encontraron con las puertas cerradas, y para cuando quisieron voltear a defenderse, ya tenían docenas de brazos y puños como una avalancha asesina sobre ellas.

El saldo de aquellos acontecimientos dejó seis monjas heridas de gravedad, siete niños en similar estado, tres con cortaduras serias, doce con magulladuras leves, uno con un brazo roto y un sinnúmero de moretones, contusiones, raspaduras, y dolores varios. El área del comedor quedó parcialmente destrozada. Todos, a excepción de los hospitalizados, fueron ordenados a regresar a sus habitaciones y a permanecer allí hasta nuevo aviso. A la hora de llevarse a los heridos, él se había resistido a abandonar el lugar. La madre superiora, convencida de que tendría que dar un ejemplo inolvidable con este muchacho, no forzó el asunto, y autorizó a que se llevaran a los heridos de gravedad. *Ya habrá tiempo de lidiar contigo,* pensó.

Estaba claro que con toda aquella conmoción, y los eventos programados para ese día, nadie extrañaría un galón de querosén y una cajetilla de fósforos. Arcángel, el genio, lo había calculado todo con la precisión de un relojero suizo. Sus años de experiencia en el hogar y su inteligencia innata lo habían llevado a concebir aquel plan maestro. Y había sido el loco quien le había inspirado a ponerlo en práctica. Cualquier otro día, el plan no habría funcionado. Pero aquel día era perfecto. Todos los 24 de diciembre, el cardenal daba su tradicional visita al Hogar Doña Rosa. Él había sido uno de los niños rescatados de las calles por la fundadora y aquella era su manera de agradecerle. Por supuesto, ya no era ni remotamente el niño bueno de entonces. Para aquella visita, que no tomaba más de cuarenta minutos, se venían haciendo preparativos durante las dos semanas previas. Para cuando el cardenal llegaba, ya había en cada mesa, forradas con elegantes manteles, docenas de platos repletos de una gran variedad de manjares, que, por coincidencia, siempre los niños estaban a punto de comenzar a comer justo cuando su majestad hacía su triunfal entrada. Por supuesto, como ya el sagrado cardenal estaba en el comedor, era preciso interrumpir la bochornosa y mundana acción de cenar con el propósito celestial de escuchar las palabras alentadoras del representante del vaticano en la república. Si el buen cardenal se percataba de aquella farsa, no lo demostraba.

Arcángel sabía que cualquier otro día los iniciadores del levantamiento en el comedor habrían sido sacados a parte, tirados en lo que a las monjas les gustaba llamar El Purgatorio, una especie de calabozo-letrina que ni el más valiente quería probar; para aguardar luego, por días, las palizas que devolvieran a las monjas la confianza en sus labores. Cualquier otro día, el loco habría sido desaparecido. Pero no aquel día, y él lo sabía a la perfección. Aquel día todo saldría a pedir de boca. La madre superiora estaba demasiado ocupada y preocupada por la visita del 'santo' como para dejarse distraer por vainas que bien podrían resolverse con severos palos al día siguiente. No había prisa para cobrarse las vainas que le hacían esos malagradecidos. Ellos permanecerían allí a su merced; hasta llegaba a disfrutar el saber que podía otorgarles algo de tiempo, para que llegaran a creer que la afrenta se le había olvidado, y luego agarrarlos cuando menos lo esperaran. A su entender, así era mejor: quitarles de cuajo la confianza.

Arcángel sabía que los preparativos tenían prioridad sobre todas las cosas, que aquello nada lo detendría. Echado en la cama, colocó ambos brazos tras su cabeza, cerró los ojos, y sonrió con gran satisfacción. *¡Esta noche va a ver candela!*

***

A la llegada de su santidad, los niños, en sus mejores trapos, ya estaban como era de esperarse sentados a la mesa, cubierto en mano, listos para probar bocado. A su alrededor, las monjitas aguar-daban impecables en sus atuendos blancos, los que utilizaban para las ocasiones especiales en lugar de los verdosos que eran más bien sus uniformes de tortura. Al frente del amplio salón, recogido y arreglado a tiempo para el evento, Sor Soledad daba la bienvenida al cardenal, quien, sonriente, aprobaba el esfuerzo evidente de montar aquella farsa. Tradicionalmente, el cardenal dirigía unas breves palabras a la multitud de niños que, lánguidos del hambre, apenas sí lograban mantenerse despiertos, mirando con impaciencia toda esa comida, e intentando no soñar con comérsela, pues sabían, los que ya habían pasado algún diciembre en aquel lugar, que se acostarían sin probar un solo bocado de lo que estaba en aquella mesa.

Sumamente adolorido, estaba sentado al lado del Arcángel. Una de las monjas se había encargado de curar las heridas que eran evidentes, las del cuello, las de la cara, intentando ocultarlas como fuera posible. Por supuesto, no había sido demasiado cuidadosa en el proceso, procurando infligir tanto dolor como le fuera posible. Al final había hecho un buen trabajo. A penas se notaban los moretones, pero sería difícil que el cardenal reparara en ello. Si lo hacía, algo se les ocurriría. Su brazo izquierdo estaba hinchado, y era lo que más le dolía. Seguramente los reglazos le habían resentido las viejas fracturas. Sin embargo, estaba conforme. Había discutido el plan con el Arcángel y estaba convencido de que era infalible. Pensó que le habría gustado pegarle fuego al lugar con el cardenal adentro, pero sabía que era imposible. El cardenal andaba con tantos guarda-espaldas como el mismo presidente de la república.

Cuando el discurso del pontífice concluyó, para variar, el muy simpático le acarició la cabeza a uno de los niños en la primera fila. Estratégicamente, las hermanas colo-caban a los más pequeños más cerca, para evitar con-versaciones o atrevimientos.

Ante la sorpresa de la madre superiora, cuya experiencia le alertaba de los problemas como si se tratara de un oráculo, el cardenal intentó interactuar con uno de los niños. El niño, asustado por la forma en que las monjas le miraban, no sabía qué hacer, mientras el cardenal le preguntaba su nombre. La madre superiora, viéndose en la necesidad de intervenir antes de que aquello se saliera de control, interrumpió, pidiéndole al pequeño que dijera su nombre. *Malco,* dijo el niño tembloroso. *¿Y qué edad tú tienes?* Preguntó el cardenal, aún sonriente. Pero Marcos, que no sabía siquiera pronunciar su propio nombre, en realidad no sabía cuántos años tenía. Esa era una de las cosas que sucedían en aquel lugar infernal. Los niños más pequeños nunca sabían con certeza su edad, sino hasta que se hacían mayorcitos y, por necesidad, empezaban a indagar con los demás acerca del tiempo, para así determinar vaga-mente cuánto tiempo llevaban en esta parcela del purgatorio que la gente llamaba vida.

Sor Soledad, angustiada y malhumorada, trató de sacarle al niño un número cualquiera, pero era evidente que con ella delante de él, la tarea se hacía cada vez más ardua. Cuando intentó agarrar su mano, quizás para contar con sus deditos, el niño rompió a llorar. El cardenal, cuya sonrisa ya había desaparecido, se enderezó, recobrando su altivez. Observó en helado silencio a los niños a su alrededor y se sonrió para sí con lo que se le ocurrió.

Mirando de reojo a la madre superiora, ordenó a las monjas servir la comida a los niños que obviamente estaban hambrientos y ¡vaya! Era innecesario seguir haciéndolos esperar. Las monjas, sin saber qué hacer, titubearon por un segundo, para luego, sin atreverse a mirar a la madre superiora a los ojos, pero mucho menos a desobedecer al gran Santo, disponerse a cumplir con la orden dada por la más alta representación de la iglesia católica en la República Dominicana.

El Arcángel, Tito y él se miraron entre sí, aguantando las risas que amenazaban con brotar de sus gargantas. Asintiendo levemente, se dijeron que aquel hecho coronaba todo lo que hasta aquel momento habían venido planeando. *Dios ta' con nosotro,* pensó el Arcángel, *hasta este diablo se puso a nuestro favor.* Sentado en un improvisado sofá que habían arrastrado desde las oficinas de la madre superiora, el cardenal degustaba en silencio una copa de vino, mientras los muchachos devoraban los platos que, enrojecidas, las monjas les servían. No había bastado con darles de comer. El sumo sacerdote había ordenado darles de comer mientras ellos apetecieran. Así, una y otra vez, los niños pedían más, y las monjas, que habían esperado con ansias aquella noche para disfrutar del banquete, veían mientras servían cómo las provisiones iban desapareciendo, mucho más rápidamente de lo que creían posible. Cuando lo que quedaba en las bandejas era apenas el fondo, el cardenal tomó una llamada a su celular, se levantó sin decir nada, y haciendo señas a sus secuaces, se dirigió hasta la salida.

Antes de salir definitivamente, le susurró algo al oído a Sor Soledad, y luego, sin mirarla si quiera, levantó su mano derecha, donde la vieja monja, visiblemente airada, depositó un beso sobre su anillo. Al volver al salón, ya los niños, hartos de comida y muertos de miedo, imaginando lo que vendría después, estaban parados en fila india. Algunos ya habían recibido sus respectivos coscorrones. Las monjas, sin poder ocultar su rabia, aguardaban por las instrucciones de la gran madre, aunque sabían claramente cuáles serían, y estaban dispuestas y ansiosas de ir a buscar sus reglas y sus correas, para desquitarse todo lo malo que les había ocurrido aquel día. Pero en el rostro de la madre superiora había algo que ellas nunca habían visto antes, algo que afeaba sus facciones, algo que ellas habían llegado a creer que nunca verían en aquel rostro acostumbrado a dar órdenes y a hacer su voluntad, había algo que ante sus atónitas miradas la hacía ver vulnerable, débil, y como simplemente una mujer más disfrazada de autoridad, y ese algo les dio un miedo terrible, pues entendieron que si aquella mujer podía sucumbir ante algo, entonces ellas no tenían esperanzas de supervivencia. Lo que vieron en aquel rostro fue la irrefutable marca de la impotencia. *Lleven a los niños a sus cuartos y… y déjenlos dormir.* Fue todo lo que dijo antes de voltear y marcharse.

***

Dos horas después de la partida de su santidad, alguien olió humo. Tito, Arcángel, Pecao y él aguardaban escondidos a que empezara el pánico. No tuvieron que esperar mucho tiempo. El fuego se expandió rápidamente entre las aulas, devorando butacas, pizarras, borradores, y cuanto encontraba a su paso. El siniestro esplendor del fuego, su inmenso poder de destrucción, les asustó; y rápidamente se dieron cuenta de la magnitud de lo que habían hecho. Pero estaba claro que el arrepentimiento no resolvería nada. Ya no había vuelta atrás.

Los primeros gritos provinieron, contrario a lo que ellos habían imaginado, de las habitaciones de los niños. Paradójicamente, fueron los niños y sus gritos los que alertaron a las monjas, salvándoles la vida, pues, tal y como había sido planeado, el fuego inició en las aulas, cerca de las habitaciones de las monjas. El pánico no se hizo esperar. En otras circunstancias, habría sido gracioso ver aquellas mujeres huyendo despavoridas, algunas en paños menores, mostrando los encantos que quizás se habrían jurado jamás mostrar. Pero no era una situación para escenas graciosas. El fuego, como un ente viviente, avanzaba por pasillos, aulas, habitaciones, consumiendo a su paso arrollador todo lo que encontraba en su camino. Y sus llamas parecían gigantescas manos, con dedos anaranjados que deshacían todo lo que tocaban. En un instante, todos aquellos niños indefensos corrían de aquí para allá, llorando aterrorizados, sin saber qué hacer, por donde correr, a quién acudir. Como una avalancha, el humo iba arropándolo todo, amenazando con asfixiarlos si las llamaradas no los engullían primero.

Ahora las monjas, que habían sido poco menos que cuerpos demoníacos, eran no más que meras mujeres atormentadas, temerosas por sus vidas, intentando salvar sus amargas existencias. Para su gran sorpresa, algunas de esas monjas, que él había tildado de inhumanas, de insensibles, y no con poca razón, arriesgaban sus vidas para sacar de las lenguas de fuego a los niños. A esos mismos niños que con tanta ojeriza habían maltratado. Al ver aquello, no podía entender lo que ocurría. No era posible entender los razonamientos del ser humano. Habría sido tan sencillo para esas mujeres salir corriendo de aquel infierno, salir huyendo y jamás mirar atrás. Nadie las habría culpado. Nadie en su sano juicio las habría culpado de correr por sus vidas. Y, sin embargo, allí estaban, la mayoría, arriesgando su propia vida para salvar a los niños. Quiso comprenderlo, pero no lo entendió.

Tito lo haló por un brazo para sacarlo de su mutismo. El fuego se estaba acercando hacia ellos, y ya el Arcángel y Pecao se habían ido adelante, seguros de haber encontrado la salida. Él los siguió en silencio, todavía anonadado por lo que había visto. Al momento de salir, miró hacia atrás por última vez. Recordó que un año atrás había llegado a este lugar sin nada más que miedo. Vio el Hogar en llamas y pensó que se iba igual que como llegó. La única diferencia era la naturaleza de sus miedos.

**

Al día siguiente, un periódico matutino destacaba que había sido un verdadero milagro lo acontecido en el orfanato Hogar Doña Rosa. Un incendio, de aún confuso y dudoso origen, había consumido por completo las instalaciones de la institución, pero ninguno de los 125 niños o el personal albergados en el recinto había sufrido quemaduras de índole alguna. El periodista que escribió el artículo especulaba acerca de la posibilidad de manos criminales, y mencionó que algunos de los niños mostraban magulladuras, moretones, y heridas leves, que, según expertos, no parecían relacionarse con el tipo de lesiones atribuidas a eventos de esa naturaleza. El artículo sensacionalizaba la noticia al mencionar que el siniestro ocurrió poco después de que el cardenal abandonara dichas instalaciones, habiendo oficializado una tradicional misa de noche buena. Especulaba si quizás el incendio no habría sido provocado con la intención de dañar a su santidad. Otro periódico, un poco más serio, destacaba la labor de las monjas que, fieles a su vocación, habían arriesgado sus vidas para salvar la de los niños, en un acto de fe y entrega más allá de cualquier comentario mezquino acerca de la integridad de dichas heroínas. Para cuando los bomberos llegaron, ya todo el mundo estaba fuera de peligro. Las monjitas habían hecho la obra de Dios. Ninguno de los periódicos mencionó sus nombres o hizo referencia alguna a muchachos desaparecidos. Estaban a salvo.

Arcángel tiró el periódico al piso, indignado. Las malditas monjas eran las heroínas. Las exaltaban después de todo el mal que les habían hecho. Ellos no sabían de lo que esas putas eran capaces, no lo sabían. Pero él sí. Nunca lo había visto alterado. El Arcángel era por lo general ecuánime. Su pelo rojizo, casi naranja en el sol, permanecía eternamente alborotado, pero era la única señal de alboroto en él. Verlo así le hizo pensar que debajo de toda aquella calma, el muchacho escondía un temperamento volátil, que podía llevarlo a la perdición. Pero él tenía diez años y el Arcángel catorce. No había nada que él pudiera decirle que el pelirrojo no supiera ya.

Tito y Pecao no se habían detenido. Se mantuvieron en movimiento toda la noche porque tenían una idea clara de adónde querían ir. Antes de separarse, Tito se le acercó, le entregó un billete de cien pesos que le había robado a una de las monjas, y le dijo que no se quedara en la calle, que ese mundo no era para él. Él no tenía forma de saberlo, pero aquel sería el último acto de bondad que alguien tendría con él durante los siguientes nueve años.

La dura adolescencia

La magia del único acto de compasión de su abuelo materno le sirvió casi por lo que le duró la adolescencia. Por más problemas que tuvo, por más tiempo que perdió, por más pleitos que encontró y que provocó, siempre permaneció, y lo aceptaron, en la escuela. Su inteligencia era evidente, pero su indisciplina echaba a perder cualquier esperanza de hacer de él un hombre de bien. Los exámenes los pasaba con poco esfuerzo. Leía los temas minutos antes y los pasaba, irritando a los buenos estudiantes, que se gastaban días quemándose las pestañas. Pero sus calificaciones mensuales eran pésimas, pues contadas veces exponía, o entregaba las tareas, y mucho menos le prestaba atención a los profesores, con quienes tenía una tregua inopinada: si no me molestan, no los molesto.

Con frecuencia, cuando algo se le metía en el pecho, algo que él no sabía describir, se juraba a sí mismo que se concentraría en la escuela, que pondría más atención a las asignaturas, que se alejaría de las calles, de las amistades que le habían corrompido... Pero su resolución no duraba muchas horas. Tan pronto se sentía mejor, cuando cualquiera de los compañeros de calle lo solicitaba, ahí iba él como un gran guerrero cuyo nombre había sido conjurado.

De los diez a los diecisiete se las arregló para vivir en casa de algún rufián amigo, luego en alguna pensión. Fue detenido en una correccional en más de veinte ocasiones. La mayoría por robo. Se iba con sus secuaces al mercado de villa consuelo a robar víveres, pollitos, frutas, vasijas, dulces... lo que pudieran encontrar mal puesto, para luego revenderlos a un público siempre

164

dispuesto a comprar por unos cuantos pesos más barato. En demasiadas ocasiones tuvo que huir de los verduleros quienes, hartos de los robos, les perseguían, machete en mano, dispuestos a todo.

Un día de esos, uno de los mozalbetes que siempre le acompañaban, se robó dos pollitos amarillos de un improvisado exhibidor. El dueño, entretenido con una doña que le quería comprar un pollito a su nietecita, defendía la durabilidad del avechucho una vez expuesto a otro hábitat y, sobretodo, después de que lo pintaran de azul, como la nena lo quería.

Justo cuando se marchaban sin ser descubiertos, uno de los polluelos se le cayó al ladroncillo. El vendedor, que no se había percatado de lo que ocurría, intentaba aún convencer a la doña, pero la niña, con colitas de niña buena y nariz de bruja, pensó que el ladronzuelo había tirado el pollito al piso a propósito y, sintiéndose ofendida, le dijo a su abuelita que ese era un muchacho malo. Dándose cuenta de lo que venía, emprendieron la huida, dejando el desdichado pollito en el piso. El vendedor tomó su mocha y, olvidándose del resto de la mercancía piadora, se lanzó a la caza de los ladronzuelos, mientras voceaba malas palabras irrepetibles por asuntos de buenas costumbres. Entre calles y callejones, lograron burlar al persecutor, quien, exhausto, llegó a su puesto de trabajo solo para descubrir que, como era de esperarse, del resto de su mercancía, solo quedaban unas cuantas amarillentas plumas.

De frutas y víveres, pasó a estafar a la gente vendiéndoles cadenitas supuestamente de oro que, alegaba, se había encontrado tiradas en el piso. Como siempre, aparecía un *vivo*, que no era más que un incauto, y le compraba la dichosa cadenita de oro, la cual, a la hora de adornar el cuello del perfecto idiota, botaba el brillito, dejando una mancha verduzca y asquerosa. Incursionó en el mundo de las barajas, de la bolita debajo de la tapa; hurtó carteras, ropas en las tiendas, collares... Como era menor, cuando lo atrapaban, le daban unos cuantos palos, lo trancaban por un mes o dos, y luego lo repatriaban a la calle, a seguir su camino de delincuencia.

La última vez que estuvo preso fue a los 17. Por cosa del destino se había encontrado con El Arcángel, quien se había convertido en un pequeño capo. Al principio, notando con su natural perspicacia que ya en los ojos del muchacho no brillaba aquella llama aterradora de la falta de miedo, se sintió tentado a rechazarlo. Pero no lo hizo. Al contrario, nueva vez le acogió, cual magnánimo rey, bajo su ala. Pero para El Arcángel, aquello no era un acto de bondad, sino una transacción de negocios. Aunque era evidente que la vida le había hecho conocer el miedo, aún quedaba un destello de inteligencia en su mirada, y algo más, que El Arcángel sabía de sobra que era de gran utilidad: experiencia.

A la semana, ya andaba haciendo envíos. Al mes, El Arcángel le había entregado mayores responsabilidades. A los tres meses, andaban como anduvieron en el hogar Doña Rosa, inseparables. A dos meses para cumplir los dieciocho, un tipo le mandó una cerveza en una discoteca a la mujer del Arcángel. Este se paró, fue a donde el tipo con la cerveza en la mano, y le dijo que no lo volviera a hacer, que su mujer tenía quien le comprara cervezas. Se miraron por unos segundos, y, sin nadie esperarlo, el tipo se levantó de su asiento como un atleta de salto alto, y le dio una bofetada al Arcángel que lo envió un metro atrás, cayendo de espaldas al piso, llevándose de encuentro vasos, botellas y mesa. La seguridad de la discoteca actuó rápidamente, sacando a todo el que estaba envuelto en el incidente. Al Arcángel lo dejaron aparte en un cuartito, hasta que se calmara la situación.

Esa noche lo volvió a ver como a la hora. El tipo y sus secuaces se habían marchado ya. El Arcángel, que en ningún momento se había alterado, caminó en silencio hasta su vehículo. Cuando llegaron al bloque, antes de desmontarse, le dijo que llamara a Rola y a Perico, que les dijera que vinieran con sus *tablas*, que había problemas. En su voz ni siquiera remotamente se captaba la ira que en sus pupilas ardía como un volcán en erupción. A la noche siguiente, ya se sabía que al tipo le llamaban *Kilo*, que capeaba en Mono Mojao. Cuando llegaron, los estaban esperando. El tiroteo fue breve y sin acontecimientos. Ya todo estaba claro: la guerra continuaría hasta que uno de los dos matara al otro. Esa noche, bajo la lluvia de balas, él se preguntó qué diablos hacía en ese mundo. Como era costumbre, se juró hablar con El Arcángel tan pronto como fuera posible y dejar todo eso atrás. Estaba decidido.

A una semana de su cumpleaños, vieron al Kilo en otra discoteca. Detrás de él había uno de sus guardaespaldas. El Arcángel le ordenó que se le pegara por detrás discretamente al guardaespaldas y que le diera un botellazo. Obedeció, pero en el corto camino de la puerta a donde estaba el tipo, no encontró ninguna botella, y mucho menos encontró valor en su cuerpo para hacer aquello. Ya no se trataba de niños en un albergue probando bravuras. Esta era la vida, la calle, y sabía que aquí sus decisiones traerían consecuencias ineludibles.

Cuando llegó a la espalda del tipo, antes de poder agarrarlo si quiera, apareció El Arcángel, con el fondo de una botella en la derecha y una expresión de seria gravedad en el rostro que jamás olvidaría. Kilo a penas

167

sí atinó a intentar levantarse, pero fue muy tarde. El fondo de la botella le cupo entero en la garganta. Cuando la retiró, carne y sangre volaron hacia el matador, ensuciándole las ropas. Kilo cayó de nuevo hasta la silla, llevándose ambas manos al cuello. La botella volvió a volar hacia el herido, alcanzándole esta vez en el rostro. El impacto lo lanzó hacia atrás con todo y silla. El guardaespaldas, estupefacto, trató de huir ileso, pero El Arcángel, ciego de rabia, le clavó dos veces la botella en la espalda. El tipo huyó de todos modos, mientras que él solo atinaba a ver, con la boca abierta, que la demencia se había apoderado de su jefe. Volviendo su atención al Kilo, que se desangraba en el piso, retorciéndose de dolor, se lanzó sobre él, clavándole la botella una y otra vez, hasta que los agentes de la seguridad lograron sacarlo de allí. Para su mala suerte, a la salida, había una patrulla de la policía. Al verlo ensangrentado, se le tiraron encima.

El teniente que andaba en la patrulla mandó a apresar a todo el que estaba allí. Veinte minutos más tarde estaban en proceso de cerrar la discoteca y otras patrullas ya habían llegado. Él estaba detenido junto al Arcángel. No decía nada. Todavía veía en su mente la sangre que brotaba a borbotones de la aorta del Kilo. Nunca había visto algo igual. La muerte de sus padres le había causado una impresión imborrable, pero no los vio, gracias a Dios, al momento del impacto, solo sus cuerpos sin vida. Pero esto había sido totalmente diferente. El Arcángel había matado a ese hombre a sangre fría, y al ver sus ojos, sabía que no había sentido remordimiento alguno.

El administrador de la discoteca llevaba unos minutos hablando con el teniente. Algunos de los de seguridad estaban también detenidos. Después de un rato, el teniente, habiéndose ido a hablar a solas con el administrador, regresó con la orden de que soltaran a los que no estaban envueltos en el altercado. Eso tomó quince minutos de deliberaciones y pataleos. Cuando la mayoría se había marchado, el Arcángel seguía en silencio, sentado como si nada en la patrulla. Como por obra y gracia, uno de los policías, cuando ya estaban a punto de llevárselos, preguntó por él. El teniente, obviamente cansado, se le acercó y le preguntó qué pintaba en aquella vaina. Él le miró a los ojos, sin pestañear, y le dijo que había venido a la discoteca con el matador, pero que no había hecho nada más que quedarse parado como un mojón, mientras el otro mataba a ese tipo como si se tratara de un perro. El teniente caviló por unos segundos. *Oye, tú, matatán*, se dirigió al Arcángel, *¿Este palomito que andaba contigo también 'ta metío en el lío? Ese mariconcito se cagó en lo pantalone. Si no e' porque yo tengo do' grano, el tipo que él tenía que mangá me hubiera jodío. Ese mariconcito no e' de na'. Y si ute lo quiere ve vivo, no lo meta pa' la calcel conmigo, que lo vua deflecá por pendejo.*

El teniente se rio y le preguntó su edad. *Suelte a ete palomito, agente, vamo a dale un chance hata la semana que viene. Oye, muchacho, si esto te hubiera pasao la semana que viene, tu estaría ma' jodío que el diablo. Pero dios me puso en tu camino, ¿oite? Salte de la calle antes de que tú deje' de ser menol, porque si no, te va a ir mal.*

Se fueron las patrullas y él se quedó solo en la esquina de la discoteca, oyendo el silencio de la madrugada, el latido hueco y constante de su corazón, y la voz apagada de su consciencia que le repetía una y otra vez: *te salvate, palomo, te salvate.*

El sobre y la dicha

Ninguno de los dos había vuelto a mencionar el sobre. Como sucede con tantas cosas, y tantas veces, ambos se entregaron fielmente a sus suposiciones. Él supuso que dentro de aquel sobre Marta le había declarado su amor puro e incondicional, tal y como había quedado demostrado desde que fue a buscarla al hospital. Ella, por su parte, supuso que él lo había leído y que, como era lo más juicioso dadas las circunstancias, se había tomado su tiempo para ponderar las posibilidades. Pero, como había quedado en claro con su decisión de buscarla, el amor que sentían era más fuerte que todo lo demás. Siendo así las cosas, había sido innecesario indagar sobre el particular. El primer día que Marta iría a su casa, decidió ocultarlo. En ese momento entendió que a lo mejor no le haría sentir bien a ella saber que él nunca se había decidido a leer sus palabras. Ciertamente, poniéndose en su lugar, él no se habría sentido bien porque se prestaba a malas interpretaciones. Por eso lo colocó en el bolsillo de una de esas camisas que él nunca se ponía, y que llevaban meses enganchadas en el pequeño closet.

Durante aquellos meses de libre y tierna unión, Marta y él conocieron la más hermosa cara de la vida: la felicidad que proviene del amor. Habían decidido mudarse juntos. Ya hacía tiempo que Marta vivía sola, alquilada en una habitación, y, como adultos que eran, sabían que era lo mejor. Por eso rápidamente hicieron los trámites de lugar y a la semana siguiente, ya convivían bajo el mismo techo. Cuando había pasado apenas un mes de su unión libre, él llegó una tarde del trabajo y, sin rodeos, le propuso matrimonio. *¿Estás seguro? Nunca he estado más seguro de nada en mi vida.*

170

Su boda se llevó a cabo en la oficialía más cercana al sector donde vivían, y para la ocasión, Marta llevó la madrina, una amiga del trabajo que respondía al nombre de Miriam, y él, que no hacía amigos con facilidad, decidió llamar a alguien que merecía el honor. Así, una tarde calurosa de Julio, vestido con una camisa a rayas azules y blancas, pantalón negro, y sudando profusamente, con una sonrisa inigualable en sus labios, sostuvo la mano de su amada en matrimonio. Ella, feliz, llevaba un vestido corto blanco que acentuaba sus curvas hasta la distracción del juez civil.

A su derecha, Miriam lucía impecable en un vestido color lila. Le sonreía con cierta picardía al padrino, que, sonriente, estaba del lado de la novia. El Doctor López había accedido a la petición con agrado. No tuvieron mucho tiempo para conversar, pero estaba claro que no era momento para discutir filosofías ni teorías existenciales. Él pensó, mientras conversaban, que tampoco era el momento para pedir disculpas.

El juez, un cincuentón de ojos saltones y bigote profuso, vestido de saco y corbata, leía las informaciones pertinentes, mientras los novios y padrinos aguardaban con cierta solemne impaciencia. La voz del juez retumbaba en la pequeña oficina y, discursaba tan rápidamente, que por momentos era imposible seguir el hilo de lo que leía. Cuando concluyó, instó a los novios a plasmar sus respectivas firmas. Ambos firmaron, y él notó la trémula mano de su casi esposa. En sus ojos, aun cuando él veía la alegría de la aceptación, también captaba algo más, algo no del todo alegre. Si leía aquellos ojos correctamente, podría jurar que también había algo de duda.

Había comprado anillos de oro blanco. Tres aros sencillos pero elegantes, que, para ellos, expresaban la pureza de sus sentimientos. La sonrisa de su mujer, al colocarle su anillo, despejó cualquier duda. Ambos estaban felices por contraer matrimonio.

Cuando el juez los declaró marido y mujer, tuvo que repetirlo para que se dieran por enterado. El juez hablaba con tanta premura que había que adivinar algunas cosas. Se besaron por primera vez como esposos a las 5:16pm, entre los sonoros aplausos de los padrinos, los vítores del extraño juez, y el calor intenso que amenazaba con ahogarlos.

**

Tres meses después de casados se mudaron a una casa de dos habitaciones. A él le iba bien en su nuevo trabajo. Había horas extras casi todos los días y él las aprovechaba al máximo. En los pocos meses que llevaba allí, su jefe inmediato ya lo había promovido. Ahora fungía no solo como operario de máquinas, sino también como encargado de horarios. Su supervisor, Ignacio Chevallier, un gigante de dos metros, tez oscura, ojos de niño, y mente de lince, que hablaba como si estuviera ronco todo el tiempo, le miraba siempre de reojo. Al principio, él había creído que no le caía bien al tipo. Pero con el tiempo, se dio cuenta de que Chevallier no andaba con rodeos nunca, y que esa era su forma para con todos. Cuando te miraba, simplemente estaba buscando tu potencial. Era abierto y directo, y nunca relajaba con respecto a o en el área de trabajo.

No todos estaban a gusto con la forma de ser del hombre. A veces, en verdad, era un poco molesto tener a alguien escudriñando todo el tiempo. Pero él había aprendido a aceptar a la gente como era. Además, Chevallier era de la misma manera tanto en lo positivo como en lo negativo. Si tenía que decirte que algo andaba mal, te abordaba sin rodeos. Esta vez, gracias a Dios y a su esfuerzo, Chevallier se le había acercado con aquellos ojos de niño inquisidor y, haciéndole un gesto de que se detuviera un momento, lo esperó bajo el sol. Era inevitable asustarse cuando Chevallier llamaba a alguien. En su rostro era inadivinable el propósito de la llamada. Y, lo normal, era pensar que se había cometido algún error. *Dígame, señor Cheva.* Nadie le decía Chevallier, pocos sabían que se llamaba Ignacio. Todo el mundo le decía Señor Cheva. *¿Usted sabe algo de números?* La pregunta le tomó por sorpresa. *Sí, señor. Si se refiere a si me llevo bien con las funciones básicas de las matemáticas, sí.* Era evidente que Chevallier lo estaba evaluando. Una pregunta de aquella naturaleza no se preguntaba sin un motivo ulterior.

¿Alguna vez ha tenido la oportunidad de supervisar personal? En efecto, señor. Tuve la oportunidad de tener bajo mi supervisión a un grupo de aproximadamente veinte empleados. ¿Por cuánto tiempo? Solo unos meses, señor. Lamentablemente hubo un accidente, y… bueno, decidí por razones personales no continuar en el trabajo.

El recuerdo de Don Pedro le hizo titubear. Un pequeño nudo se formó en su garganta. El supervisor, gran observador, notó el fugaz cambio en su rostro. *¿Alguna responsabilidad directa con aquel accidente, algo que yo deba saber si estuviera pensando en recomendarlo para algo?*

Entendió que decir simplemente que *no* sería dejar esa duda en aquel hombre que, evidentemente, estaba tratando de ayudarlo. Por eso decidió contarle lo que había ocurrido. Cuando concluyó la historia, había lágrimas reprimidas en sus ojos.

Dos semanas más tarde, fue convocado a las oficinas de los gerentes para una ronda de varias entrevistas. Luego siguieron diversos exámenes. Al mes y medio, en una reunión con todas las cabezas de departamento, fue públicamente anunciada su promoción a coordinador de operaciones. Aunque ya había escuchado los rumores, no podía creer lo que aquello significaba. Ahora él era el jefe directo de Chevallier. Cuando se encontraron en el pasillo, después de la reunión y el breve brindis, lo vio sonreír por primera vez. Y, aunque se le hacía difícil creerlo, no había un mínimo asomo de antagonismo, envidia, rencor, o nada de índole mezquina en aquella sonrisa de adolescente. Era una sonrisa abierta, directa y sincera. *¡Felicidades!* Su ronca voz denotaba cierto orgullo, que no se molestó en ocultar. *Gracias, Don Cheva. Si no hubiera sido por usted, no estaría aquí hoy. Gracias de corazón.* El grandulón sonrió de nuevo y le aseguró que tarde o temprano alguien se habría dado cuenta de su potencial y habría hecho lo mismo. Pero ambos sabían que aquello no era tan sencillo. No todo el mundo le brinda la oportunidad a otro, aun conociendo su potencial, de brillar aún más que él mismo. Para eso había que ser alguien con una visión especial. Al despedirse, Chevallier le ordenó, en tono de broma, que ya no le podía llamar Don Cheva, desde el momento que él se había convertido en su jefe, debía llamarlo Chevallier. Él, imitando la voz de Cheva le respondió, *muy bien, Don Cheva.* Y esa fue la primera vez que lo vio reír a carcajadas dentro del área de trabajo.

Camino a su casa, recordó con alegría el día que había decidido buscar a Marta, el día que había vencido al pesimismo que le arropaba como un oscuro manto, el día que aquella terrible voz le había hablado de nuevo y él había hecho caso omiso de ella; ese día que su otra voz interna le ordenó que siguiera, que no se detuviera ante nada. A ese día, a Marta, le debía la dicha presente.

Estaba orgulloso de su vida actual. Su pasado parecía algo sacado de una fantástica y triste historia, como algo que le había ocurrido a alguien más. Ya no era ese que había estado al borde de la muerte, de su propia mano. Ya no miraba hacia atrás con remordimiento. Si en algún momento las pérdidas le acongojaban, se concentraba en lo inmediato, en las dichas que él mismo había logrado cosechar. El fruto de su determinación estaba en sus manos. Ese era el fruto anhelado. Esa noche celebró con su esposa haciendo el amor con gran pasión. Hicieron planes, rieron, se contaron los detalles del día, y se durmieron abrazados... abrazados y felices.

Al día siguiente, al llegar al trabajo, su gerente le dio los detalles acerca de su nueva posición. Entre estos, estaban sus responsabilidades, las áreas que estaban a su cargo, el personal, las expectativas de la compañía y los beneficios. Cuando salió de aquella oficina, quería disimular su sonrisa, pero era imposible. Su sueldo se había cuadriplicado, con una evaluación en tres meses sobre la cual "pesaba" un aumento de un 13%, y otra en seis meses. Era imprescindible que sacara su licencia, pues necesitaría conducir una camioneta asignada a su posición de manera permanente. Su seguro tenía el plan más alto, e incluía a su esposa. Tenía beneficios de lavandería, de dieta, de gasolina, seguro de vida, descuentos para equipos ópticos, planes de estudios superiores, y membrecía en varios clubes. Por primera vez en su vida se sintió importante. Miró al cielo y dedicó su triunfo a sus seres queridos. Miró hacia adelante y pensó en su amada.

Resurrección

Marta acababa de marcharse cuando miró por la ventana y escuchó la voz. Siempre que llegaba lo hacía acompañada de una leve sensación de frío que le subía por la garganta desde el pecho. El primer instinto era el de sacudir la cabeza para espantarla. El segundo era intentar pensar en otra cosa. Pero la voz de sus fracasos era insistente, no se rendía con facilidad. Se paró y caminó hacia la cocina. Procuraba mirarlo todo en la casa: las paredes blancas como el pensamiento de un infante, las cortinas que Marta insistía en cambiar con los humores, el librero que poco a poco se llenaba de volúmenes preferidos: Madame Bovary, La Guerra y la Paz, El Poder y la Gloria, Los Hermanos Karamazov, Lolita, La Náusea, Viandante en Nueva York...

Procuraba pensar en las actividades del día, en las cosas que había que pagar, en el futuro que les sonreía promisorio a él y a su amada. Cuando se sorprendía tratando de convencerse a sí mismo de que lo que decía aquella voz era una locura, se asustaba. El miedo de sucumbir nueva vez a ese pasado maldito que le perseguía, lo presionaba de una manera tal, que sentía de inmediato la ausencia de sus fuerzas.

Se sirvió el café, encendió la tele, sorbió el humeante líquido con paciencia, intentando concentrarse en las noticias. Unos hombres habían robado un banco, tenían rehenes. La DEA había decomisado 80 kilos de cocaína. Un hombre mató a su ex –novia por celos... Negó con la cabeza. En eso habría terminado él si no hubiera encontrado el amor. Sonrió. Recordó la voz, pero no la escuchó. Pensó en sus padres, en esas mañanas de colegio, en las salidas a los parques, donde correteaba detrás de las palomas. Recordó las canciones que cantaba con su abuelo en el Audi, las galletas de la abuela, que se comían con leche blanca y sin azúcar, los juguetes que le dejaban los reyes en casa de sus padres a cambio de hierbas y mentas verdes. Sonrió. La voz no podía decirle nada que él no supiera. Esa voz que lo había llevado al abismo más hondo de los hombres ya no podría hacerle más daño. Había encontrado el amor y la felicidad, y estos le habían mostrado el camino hacia sus recuerdos más felices, los que él creyó en algún momento que nunca había tenido. Una ancha sensación de tranquilidad y seguridad le arropó suavemente. Cerró los ojos y se dejó acariciar por la paz del momento. Sintió que se elevaba, no que se movía, sino que un gran volumen se levantaba de adentro suyo, como un desprendimiento de algo pesado, oscuro, que sin dudas le había estado aplastando por largo tiempo. De alguna manera era una especie de resurrección en vida, como si el yo suyo que había sucumbido ante la maldad de la vida acabara de fallecer, y su otro yo, el nuevo, el que había roto esas cadenas de soledad y fracaso, acabara de abrir los ojos al mundo, a un mundo que, como él, era nuevo y fresco, bello y lleno de promesas de alegría y canto. Sus ojos, húmedos a pesar de estar cerrados, veían dentro de sí mismo imágenes que creía perdidas: Don Pedro sentado a su lado leyendo el Quijote por decimoquinta vez; o discursando acerca de las tendencias de Saramago a lo fantástico dentro de lo mundano, con su aspecto serio y bondadoso.

Gracias, Don Pedro, por tanta cultura, por tantos buenos consejos, que hasta muy tarde he empezado a valorar. Suspiró, como quien llega cansado de un largo trayecto, y sus pies sufren remembranzas del camino. Le parecieron en ese instante tan lejanos y surreales los momentos que atentó contra su propia vida, que sintió como si en verdad le hubieran ocurrido a otra persona. Vio el negro cordón de la plancha, la sangre brotando de sus muñecas como menudos riachuelos escarlata. Sintió por un instante en su estómago el reflejo del intenso dolor del veneno.

Oyó la voz, pero la dejó ser. Había comprendido en la soledad de su hogar, en la tranquilidad de esas paredes que Marta había convertido en su hogar, que esa voz de muerte ya no tenía fuerzas para hacerlo caer; que si en algún momento sucumbió ante su endemoniado encanto, fue porque aún no había conocido el amor verdadero. *El amor lo puede todo.* Abrió los ojos y se levantó sin prisa. Caminó hasta la ventana y por unos instantes observó el mundo desarrollándose, moviéndose, siendo el paraíso de unos y el infierno de otros; y escuchó mientras sonreía una voz que no se molestó en identificar cuando le susurró desde adentro suavemente: *Ya no hay miedo. Has resucitado. El amor lo puede todo.*

Asintió. El amor le había devuelto las ganas de vivir. Marta se había convertido tanto en su motor para seguir adelante y en su meta a la vez. Y ahora era tan claro el panorama. Era tan evidente la vida. En su mente, a pesar de esas molestas voces que a veces le amenazaban, estaba claro que había sido un cobarde; que la decisión de quitarse la vida no había sido algo que el destino había impuesto sobre él, sino algo que él había elegido por miedo, por cobardía, por no querer enfrentarse a la vida, por haberse permitido perder la perspectiva y haberse enfocado exclusivamente en lo negativo, en lo malo, en los momentos en que se está abajo, y nunca en los momentos en que se está arriba. Porque como Don Pedro le había advertido, la vida es una montaña rusa, que nos sube y nos baja inevitablemente, que parece detenerse a veces, poniendo a prueba nuestra paciencia y nuestra entereza. A veces las pausas de la vida suceden cuando se está en la cima, en lo más alto de la montaña, y uno ve el mundo desde esa atalaya de felicidad. Uno se cree el dueño del mundo. Aún en nuestros momentos más gloriosos, la vida nos está poniendo a prueba. Hay quienes se quitan el cinturón de seguridad porque están arriba y creen que nada les puede suceder, se toman riesgos innecesarios, y, de un momento a otro, arranca el carro de la vida a toda velocidad y se caen al abismo. Otros se desesperan cuando están abajo, cuando la vida parece no moverse, parece estática para siempre, y se desesperan, tratan de tomar atajos peligrosos, en el medio de la vía o al borde de los precipicios. Entonces arranca la vida y los deja atrás, y pierden la oportunidad que esperaban. Un poquito de paciencia parece pedirnos la vida a veces, un poquito de paciencia y de visión para que uno no desespere, para que uno no pierda oportunidades, para que uno no termine aplastado como alimaña. Nada mejor que el amor para devolvernos la esperanza y las perspectivas. Nada mejor que el amor para hacernos despertar a las posibilidades.

Volvió a escuchar esa dulce voz y sonrió a la mañana del mundo que parecía sonreírle de vuelta, *el amor lo puede todo*.

Cuando llega lo temido

La película les dejó en un estado de enamoramiento por la vida y por el amor. Su nombre era *De Hecho, Es Amor* y se pasaron el camino entero recordando escenas, alabando actuaciones, sintiéndose bien cada uno consigo mismo y con su pareja.

Marta y él estaban especialmente contentos porque aparentemente Miriam y Chevallier parecía que se caían bien, y, en verdad, lucían bien juntos. Después de un par de intentos fallidos, por fin se había dado la doble cita. La habían pasado de maravillas.

Chevallier era divorciado desde hacía seis años. Se había dedicado únicamente al trabajo y a la manutención de su hijito, Josué. Miriam no se había casado nunca y era un año mayor que Marta, que tenía 26. Chevallier y él les llevaban exactamente diez años a cada una respectivamente. Al momento de despedirse, Chevallier se ofreció a llevar a Miriam a su casa, lo cual desprendió una ronda de leves aplausos y pequeñas burlas, que fueron recibidos con agrado. No era tarde, así que decidieron comer algo. Cruzaron la calle hasta el parqueo y al doblar la esquina, un hombre les salió al frente. Otro, a dos pasos del primero, se abalanzó sobre ellos, el puñal en su mano brillando intermitente, como augurio de muerte.

***

Cuando vio a aquellos dos hombres, sintió un escalofrío instantáneo. Por su mente, en una fracción de segundo, se pasearon todas las visiones temidas: sus padres en el pavimento, sus abuelos bajo los escombros, su tío ensangrentado, Don Pedro con su rostro pálido de horror y el cuerpo triturado, Dolores en una caja fuerte. Y de todas aquellas visiones, una sobresalía sin que él pudiera entender el porqué, era aquella tarde cuando el doctor le había dicho que él era inmortal, que no se podía morir. El puñal estaba a un pie del estómago de Marta cuando él se lanzó hacia el atacante. Su brazo derecho se interpuso entre Marta y el puñal, desviándolo con el impacto. Aunque no la veía, podía sentir la sangre pulsando fuera del brazo, pero no sentía dolor. El otro asaltante, viendo su acción, se lanzó hacia él, Marta gritó y gritó desesperada. El asaltante lanzó varias estocadas que él evadió con éxito. El otro arrancó la cartera del brazo de la mujer aterrorizada y la empujó hacia la verja metálica. Un auto pasó por la esquina iluminando la escena. El asaltante había ya tomado la ventaja de la posición y el arma hacía un surco en el aire que llevaba consigo un rastro nefasto. El puñal se detuvo en su estómago, a dos centímetros de su muerte. El otro ya iba lejos, como habían acordado. Marta, demasiado asustada para emitir un solo ruido, en shock, solo lograba mirar lo que acontecía, convencida de que matarían a su marido.

Cuando vio los ojos del ladrón, reconoció en ellos un brillo inusual, pero de algún modo, familiar. *¿Tito?* El ladrón, evidentemente impresionado, ya había alejado el arma del cuerpo de su víctima. Aunque era imposible de ver en la oscuridad, su mano temblaba levemente. *Por poco y te mato, mi helmano.* Marta no entendía lo que estaba sucediendo, pero le daba gracias a Dios por lo que veía. Sus rostros eran a penas distinguibles en aquella esquina anochecida. *Tito, tú me dijiste que dejara la calle. Y yo te hice caso, hermano. ¿Por qué tú sigues aquí?* El ladrón le puso la mano en el hombro, le apretó, y salió corriendo sin decir una sola palabra. Él le vio desaparecer rápidamente. No pudo evitar la pena que se le metió en el corazón. Marta emitió un gemido y él se volvió hacia ella. Su mano derecha se agarraba el corazón, y en su rostro había miedo. Corrió hacia ella, le preguntó qué le pasaba. Pero Marta no contestó. Había perdido el conocimiento.

La terrible confusión develada

Marta había sufrido un pre-infarto, probablemente producto de la impresión causada por los ladrones. Por suerte, un vehículo se detuvo al verlos en aquella esquina, ella tirada en el asfalto y él gritando, pidiendo ayuda, su rostro mojado por las lágrimas. El buen samaritano los llevó a la clínica más cercana y de ahí, habiendo contactado un especialista, la trasladaron a otro centro médico. Ya llevaba tres días interna y los doctores aseguraban que estaba estable. Sin embargo, le habían dado a él una noticia terrible: Marta tenía una condición cardíaca severa. Con aquella frialdad característica de los doctores, le explicaron que era sorprendente que hubiera vivido tantos años. Después de las indagaciones de lugar, le informaron que sería necesario un trasplante de corazón para intentar salvarla, pero era tan arriesgada y costosa la operación que solo un cinco por ciento de los afectados de dicha condición terminaban en el quirófano. De ese cinco por ciento, solo un tres por ciento soportaba el procedimiento.

Marta abrió los ojos con cautela. La luz, amarilla e intensa, le molestaba en las pupilas. Pestañeó varias veces hasta que estas se fueron gradualmente acostumbrando a la claridad. Estaba en un cuarto idéntico a las docenas de cuartos en los que había pasado toda su vida laboral. Por un momento se preguntó dónde estaba. Fue un instante brevísimo, justo al abrir los ojos, al ver el cuarto, y al hacer un inventario mental de cada uno de los objetos que lo conformaban, en el que intuyó que algo grave había sucedido aunque no recordaba qué. Entonces, como una ráfaga de aire caliente en un día frío y sin viento, recordó el resplandor del puñal cortando la oscuridad de la noche, formando un efímero arco plateado y brilloso, buscando el estómago de su amado. Para su tranquilidad, el hombre que amaba acababa de abrir la puerta. Sus ojos se llenaron de lágrimas. Con prisa pero con cuidado, él se inclinó y, abrazándola, se dijeron en un dialecto de mejillas húmedas cuánto se amaban y cuánto miedo habían tenido que soportar.

En un movimiento sorpresivo, pero no brusco, ella separó su cara de la de él, y lenta pero firmemente, con los ojos fijos y llenos de pánico, estudiaba su cara, su cuello, la zona de sus pectorales... con sus manos acalambradas tocándolo con ternura, pero también con algo de desesperación, porque todavía no estaba segura si estaba o no herido. Cuando llegó a la herida de su brazo, rozó sus dedos sobre la gasa blanca que la protegía de las infecciones y vio sus frágiles dedos temblar, como un niño a la intemperie. Sonriendo con esa humilde vergüenza del que se sabe exaltado, acariciaba su rostro humedecido, su pelo, sus orejas... sus miradas surcaban el angosto espacio entre sus rostros, intercambiando sin palabras la ternura de sus sentimientos, la fuerza de su amor, y la transición de sus miedos a la frágil tranquilidad que su bienestar les brindaba. Pero su silencio nombraba algo más: angustia. Aunque sabían que hablar de lo sucedido sería inevitable, ninguno quería tocar el tema. Ninguno se atrevía a deshacer la seguridad de aquel silencio por temor a las palabras que debían ser pronunciadas. Tres días habían transcurrido ya, pero en su mente, la imagen de su amada desplomándose sobre el pavimento anochecido estaba tan fresca, y le impactaba tanto, como si al cerrar los ojos, estuviera sucediendo nueva vez. Y para ella, el hombre que amaba todavía corría peligro en la trayectoria de aquella arma que no podía erradicar de su memoria.

Le costaba creer lo que le habían dicho los doctores acerca de Marta. Ella era una mujer joven, y aunque sabía que la juventud no garantiza salud, se le hacía difícil asimilar lo que aquello implicaba. Su esposa sufría de una condición cardíaca. ¿Qué podía haberla causado? Marta era una mujer que cuidaba su figura y, por ende, sus hábitos alimenticios, le constaba, eran saludables. Su mujer no fumaba ni ingería alimentos grasosos; tampoco consumía demasiada azúcar. ¿Sería aquella una condición genética? ¿Sería que Marta había heredado ese mal? Le costaba creer que Marta hubiera vivido todos estos años arrastrando semejante condición sin enterarse. Entonces una idea oscureció su mente como una gran nube de lluvia. *¿O acaso?* No, Marta no podía haber sabido que sufría del corazón. Se lo habría confiado. Sin embargo, algo le decía que ése era el caso. Y mientras más lo pensaba, era más duro para él creer que todo este tiempo, su esposa había sufrido en silencio, callando algo de esa magnitud. *Una enfermedad como esa no sale de repente. Mucho menos si uno se cuida,* pensó apesadumbrado, y su rostro, sin quererlo, reflejó la angustia de su corazón.

¿Qué sucede, mi amor? La voz de su amada le llegaba muy bajo, como si se quebrara. El negó con la cabeza mientras sonreía, intentando confortarla. *¿Qué pasa?* Él bajó la cabeza, sus mejillas rojas, su pulso ligeramente agitado. *Has sufrido un pre-infarto.* Había temido enunciar aquellas palabras. Como si al articularlas estuviera condenando a su amada a aquella terrible realidad. *El doctor me ha dicho que has sufrido un pre-infarto,* repitió con gran pesar. Sus dedos buscaban los de ella en un juego tierno y asustado. Sus ojos veían hacia abajo, evitando el contacto con los de él. *No entiendo cómo ha podido ser… no, no lo entiendo…* la mortificación en el rostro de su esposo era dolorosa para ella, pero era mayor su sorpresa. Y él notó dicha sorpresa en su rostro, aunque no lograba

185

adivinar lo que significaba. *Mi amor, ya sabíamos que esto sucedería tarde o temprano.* La confusión en su rostro era evidente. *¿De qué hablas, amor? ¿Qué quieres decir? ¿Cómo que sabíamos que esto sucedería?* La confusión en el rostro de su esposo también la confundió.

Entonces ella mencionó la carta, aquel sobre, y la expresión en el rostro de su amado se lo dijo todo...

La Verdad

"Sé que te parecerá extraño, incluso quizás atrevido, que te entregue esta carta, pero te ruego que la leas antes de juzgarme. Nunca antes había tenido esta cercanía con alguien, y mucho menos con un paciente. Somos adultos, y por eso me atrevo a hablar las cosas con claridad; y me atrevo porque sé, aunque nunca lo admitas, que estás en una situación similar a la mía. La diferencia entre tú y yo es que nunca lo admitirás porque crees no merecer lo positivo de estos sentimientos. Estoy enamorada de ti. Y he visto en tus ojos que tú también sientes algo por mí. Si me correspondes o me rechazas es cosa tuya. Lo que te ruego es que no rechaces estos sentimientos por miedo. Si no sientes lo mismo hacia mí, lo puedo entender, lo acepto. Pero si sientes lo mismo, entonces no estoy dispuesta a aceptar no intentar ser felices por temor al fracaso o a la desesperanza. Están abiertas las puertas de mi corazón. Solo tienes que decidirte a abrir las puertas del tuyo.

Sin embargo, hay algo más que debo confesar antes de poder hablar de estar juntos. Y te advierto que es algo terrible, pero algo que no puedo ocultar, no a la persona con quien me gustaría compartir mis sentimientos. Estoy enferma. Sufro de una condición cardíaca severa. Mi corazón es más grande de lo normal. Esto puede provocar un infarto masivo en cualquier momento. La única forma de curarme sería con una operación, un trasplante de corazón. Pero eso en mi situación es imposible. Es un procedimiento excesivamente costoso y las posibilidades de supervivencia no son muy altas. No te aflijas. He vivido con este mismo corazón todos estos años.

Este es el mismo corazón que está enamorado de ti. Por favor, piensa bien qué quieres hacer con lo que te he confesado. Si no me llamas o me buscas, no lo pondré en tu contra. Créeme que te entenderé.

Ps: Espero que todo te salga bien."

Las manchas que sus lágrimas dejaron sobre el papel dibujaban siluetas parecidas al mapa de las islas Galápagos. Al fin el sobre había sido abierto y, tal como había temido, la profecía de su sufrimiento se había cumplido. Todo este tiempo aquella triste verdad había estado en su poder y él, por cobarde, no se había enterado de ella. De haber tenido el valor para abrir el sobre cuando Marta se lo entregó, habrían tenido el tiempo suficiente para ir preparando la operación. Se habrían podido planificar. A lo mejor, Marta no estaría ahora en la clínica, convaleciente. Sentía una gran presión en el pecho, como si a él también le fuera a dar un infarto. Pero sabía que era rabia, la rabia que da la impotencia. Rabia de saber que en algún momento tuvo la oportunidad de prevenir alguna cosa y no consiguió el valor para hacer lo que le correspondía. Prefirió escudarse en su temor, y he aquí el resultado.

Había salido llorando de la clínica. Había conducido atormentado hasta la casa. En ningún momento dejó de pensar en aquel sobre guardado en el bolsillo de una camisa olvidada. El rostro de la mujer que amaba también le perseguía: sus ojos en lágrimas, sus mejillas húmedas y rojas, sus labios semi-abiertos, implorando… y aquella triste y honda sorpresa al sentirse burlada por el destino, al enterarse que su esposo no sabía que ella podría morir en cualquier momento.

Redención

El corazón agrandado de Marta, se determinó en su infancia, llevaría a una deficiencia cardíaca progresiva. Si hubo algún tratamiento que seguir, Marta no supo de él. Sus padres simplemente no poseían los recursos para costearlo. Su madre la había presentado al Señor en la iglesia del barrio. La vistió de blanco y la persignó incesantemente. De lejos, quien la vio pensó que se trataba de una demente bendiciendo una muñeca, así de rojo era el pelo de Marta, casi sobrenatural. A falta de dinero, sobraba la Fe. Dios, su madre lo sabía, era el único que podía decidir el destino de su hija. 'Solo el Padre conoce el día y la hora'. Confiando en él, la pobre mujer asmática vivió sin miedo hasta ver a su hija convertida en toda una señorita, y en una persona de gran Fe, en un gran ser humano.

Con el tiempo, los pronósticos se cumplieron. Había llegado la hora de actuar. El tiempo de Marta estaba ya en sus postrimerías. Su corazón ya había aguantado en base a Fe todo lo que podía aguantar. Solo un trasplante le otorgaría algunos años más de vida. Le conmovía y le asombraba la actitud de Marta. Saberse al borde de la muerte, saber que el corazón puede de súbito dejar de latir, debe ser un punto en el que cualquiera perdería la cabeza. Él lo sabía bien. La vida le pone a uno tantas trabas, tantas pruebas, tantas situaciones terribles, que le devoran a uno toda esperanza, que le hacen a uno perder la cordura y el amor a la propia vida. Y, sin embargo, aquí estaba Marta sonriéndole con su característica dulzura, consolándole como si fuera él, y no ella, quien estaba cruzando la frontera de la muerte.

Se había gastado la noche pensando, meditando, buscando opciones que con cada minuto vencido iba

189

creyendo inexistentes. No tenían el dinero para la operación, pero eso no era lo único que le mortificaba. El procedimiento en sí era un riesgo. La intervención quirúrgica conllevaba la amenaza de que Marta no regresara de la anestesia. Además, nada aseguraba que Marta podía calificar para la operación. Había un proceso de 'reclutamiento' para dichas operaciones. No todos los pacientes, por diversas razones, podían ser admitidos en el programa de los trasplantes. Había mucho que tomar en cuenta, desde las condiciones psicológicas del paciente, si sufría o no de otras enfermedades, hasta si tenía o no tumores, infecciones, si era de avanzada edad, entre otras cosas. Estas eran las famosas contraindicaciones.

Al día siguiente Marta iniciaría una serie de estudios y evaluaciones para determinar si un trasplante era aún posible, si ella calificaba para estar en aquella lista de espera. Y luego, si era posible, entonces estaba el asunto de la espera misma y de la compatibilidad. No todos los corazones son aptos para ser trasplantados y no todos los corazones llegan a tiempo: era posible que el corazón de Marta parara antes de hallar un donante. Se estremeció. Apretó los ojos con fuerza. Sus manos temblaban levemente. ¿Por qué? Fue entonces cuando lo pensó. La madrugada había declinado en grises y la mañana iniciaba su canto de ruidos faunos. ¿No era esto lo que había temido desde aquel encuentro con el doctor López? Desde que dedujo el macabro plan deparado a su existencia. ¿No era este fatal desenlace el que había temido desde que se enamoró de Marta? Porque desde entonces, aún sin hallarle forma en las palabras, sabía intuitivamente que no podía amarla, que no podía, ni debía, amar a nadie, porque cada una de las personas a las que había amado en su vida yacía muerta, porque la muerte lo había elegido como conejillo de indias para sus oscuros experimentos.

Se llevó ambas manos al rostro y se dejó llevar por el llanto. Se estaba volviendo loco. Pero ya no le parecían tan fantásticas aquellas conjeturas. La inminente muerte de su amada le había devuelto aquellas posibilidades, con más fuerza que nunca. Entonces, pensaba, ¿cómo detenerlo? ¿Cómo acabar con este absurdo juego de estos seres omnipotentes e invisibles? ¿A quién culpar? ¿A Dios? ¿Al Diablo? ¿Sería uno de ellos el mismo Tiempo? ¿La Muerte es Dios? ¿Se prestan estos seres para jugar con la vida y los sentimientos de los humanos tan cruelmente? ¿O es todo un asunto aleatorio? ¿Es el azar el que rige todas estas desgracias aún cuando parecen planificadas por seres fríos y calculadores? ¿Científicos de las almas?

Detrás de esas preguntas, en ese canal que corre paralelamente a la consciencia, otros pensamientos se urdían, se desarrollaban, hasta cobrar fuerza. De repente, recordó a Chevallier, luego esos primeros días de trabajo cuando Cheva era un terror teórico, y luego, sin esfuerzo, visualizó la cláusula de su contrato de trabajo, donde decía: Seguro de vida.

***

Recuerdo la última vez que estuvimos aquí, dijo el doctor López con cierta carga en la voz. El parque olía a lo de siempre: la frescura de un verano eterno y el aroma impreciso de cien gentes y cien árboles. Las palomas picaban las migajas que los turistas les tiraban a los pies de la fuente. Desde las sillas de hierro colado, el mundo parecía una cosa hermosa y sencilla, y lleno de vida.

Nunca hallé valor para pedirte perdón, Aníbal. Era la primera vez que le llamaba por su nombre de pila, como se

191

llama a los amigos. Las dos tazas exhalaban un humo multiforme que la brisa leve arrastraba como ha de arrastrar los recuerdos el olvido. El doctor hizo ademán de que aquello no tenía importancia, pero él prosiguió. *Hace tiempo debí buscarte; debí mirarte a los ojos y pedirte que me perdonaras. No solo por la indecencia y el maltrato que te di, sino también por no ver que lo único que tratabas de hacer era ayudarme.* No había lágrimas en sus ojos, pero sí un gran nudo en su garganta. *Olvida eso ya. Dime qué es eso tan importante que tienes que contarme.* La voz del doctor López arrastraba algo de emoción y preocupación. Su amigo lo había llamado a pedirle esta cita, había dicho que era urgente, y en su voz el doctor había detectado esa urgencia que habla de vida o muerte. *Marta está en el hospital. Ha sufrido un pre-infarto. Desde siempre ha sufrido del corazón, lo tiene más grande de lo normal y se requiere un trasplante lo antes posible para salvarla. Estoy desesperado y no sé qué hacer ni a quién acudir. No tenemos el dinero y tampoco conocemos los procedimientos. Me temo que si no me ayudas en lo que puedas, la perderé.* Para cuando terminó la frase ya había bajado la cabeza. Las lágrimas habían al fin hallado el sendero de las mejillas. La noticia era también un shock para el doctor. Marta era una buena mujer y él sabía lo felices y enamorados que estaban el uno del otro. Aquello era en verdad una tragedia. Las operaciones de trasplante de corazón son quizás uno de los procedimientos médicos más complicados que existen, debido a la cantidad de situaciones adversas que hay. Pero no quiso pensar en estadísticas. En un momento como aquel, y hablando con un hombre que él estaba convencido era un fenómeno de la naturaleza, era mejor creer que saber.

Lo siento mucho. Te prometo que de inmediato me pongo a averiguarte todo lo pertinente a este asunto y te ayudo en todo lo que esté a mi alcance. Marta es una mujer fuerte, con muchas ganas de vivir. Ya verás que todo saldrá bien. El doctor le estrechó la mano. En ese momento se sintió como un niño. A pesar de que el doctor y él eran prácticamente de la misma edad, sintió como si estuviera de nuevo junto a su padre, como si los consejos que le pedía al galeno, en verdad se los estuviera pidiendo a ese padre que desde su infancia no veía. Se sintió frágil y desnudo, pero curiosamente, no se sentía solo. Le dio las gracias mientras retiraba la mano algo abochornado. Nosferatu, que desde la puerta les miraba de reojo, en franca desaprobación de lo que él juraba eran inclinaciones homosexuales, parecía una estatua de cera, o, mejor aún, una momia a la que le han quitado los lienzos y le han puesto un traje al menos dos tallas más grande. *Hay algo más,* dijo mientras con disimulo se secaba las lágrimas. *He pensado en lo que me dijiste aquella vez. Lo he pensado mucho, y he llegado a la conclusión de que a lo mejor no estás tan loco como yo creía, y sea o no que me puedo morir, quiero decirte que entiendo tus razones.* El doctor asintió. Dirigió sus ojos a la distancia. Unas muchachas paseaban un chihuahua mientras un jovencito les decía cosas que aparentaban graciosas. Sus sonrisas alegraban el parque.

Sé que cuando me hablaste de esto mi reacción fue injusta. Me movió el instinto. Lo sé, dijo el doctor mirándole con empatía. *Pero he tenido tiempo para pensar, y me he dado cuenta de que mucho de lo que me dijiste tiene sentido.* El doctor se sonrió y dijo, *Nada tiene sentido en esta vida a veces. Especialmente creer que alguien no se puede morir cuando hay tanta muerte rodeándonos. Sí, y sin embargo te atreviste a abrir esa posibilidad. No me digas ahora que no lo crees,* respondió. *Lo que crea o deje de creer no cambia nada. Sigue siendo una teoría descabellada y peligrosa. Para ti, para mí, para mi familia.*

Callaron. Aun no podía creer que en verdad había hallado valor para tocar el tema. Pero la situación lo ameritaba.

Cuando tenía cinco años, mi papá estaba en la casa arreglando algo. Vivíamos en un tercer piso y él estaba afuera en el balcón. De repente, escuché el ruido de un helicóptero y salí corriendo. No me di cuenta que parte de la verja del balcón había sido removida y corrí en el aire. Caí en el pavimento de bruces. Mi papá, en pánico y tenso, se lanzó de un balcón a otro hasta llegar a la calle, que ya se iba llenando de gente. Cuando me tomó en sus brazos, yo lloraba a todo pulmón. Ni siquiera me dejaron interno. Tenía la muñeca izquierda zafada y algunos moretones. Mi padre se pasó el camino entero observándome, con una justa mezcla de espanto y alivio, tratando de entender cómo me había salvado.

El doctor sonreía. Era una sonrisa cansada, como una mueca que no recuerda cómo dejar de serlo. Había aceptación en sus ojos. La convicción de que la verdad era muchas veces más compleja que la ficción.

Nunca reparé en esas cosas hasta que me lo dijiste aquel día. No recuerdo haberme enfermado nunca, más que de una gripe o un dolor de muelas. En muchas ocasiones he estado en accidentes fatales, pero ya ves, sigo aquí. No hay explicación para estas cosas, Aníbal.

Quizás no las haya, pero tampoco prueban que estemos en lo cierto. A lo mejor nunca lo probaremos. A lo mejor estamos equivocados y simplemente, como dice la gente, no era tu hora, no era tu momento de morir.

Morirse es tan fácil, Aníbal, tan fácil. Después de nuestra conversación me he preguntado mil veces cómo evita una a diario la muerte, tanta fatalidad rodeándonos, tantas posibilidades de que algo o alguien nos mate. Es que es tan sencillo, hermano. Tan sencillo como cruzar la calle y que un hombre al volante se distraiga. Tan sencillo como que a un elevador se le rompan los cables, o resbalar en las escaleras, o doblar en la esquina equivocada y encontrarte con un ladrón o con un policía borracho. Es tan sencillo como quedarse dormido en la tina o como electrocutarse tratando de conectar el celular. Sin embargo, sin embargo... yo me he ahorcado, me he envenenado, he caído de grandes alturas, he sobrevivido accidentes de tránsito, y sigo aquí, vivo como cualquier otro. ¿Qué quiere decir todo esto? ¿Que no es mi hora? No creo en un destino escrito, Aníbal. Creo que lo hacemos nosotros a diario.

Como para tomar aire hizo una pausa. El doctor le miraba pensativo. En el cielo un puñado de nubes grises urdían planes de lluvia.

¿Qué quieres escuchar? No hay forma de probar la veracidad o falsedad de estas conjeturas. Estamos atados de manos. Tratar de probar tu inmortalidad es probar tu mortalidad. Es una encrucijada de la que no hay salida.

Tal vez, pero bajo las circunstancias, creo que habrá que buscarle salida... El Doctor López le miró intrigado. Había sentido una recia determinación en aquellas palabras. El eco peligroso de una decisión fatal. *¿De qué hablas?*

Llevándose la taza a la boca, se dio el último trago de café y, mirándole a los ojos, le dijo que no se preocupara, que tenía un plan.

No voy a dejar morir a Marta, Aníbal. Y por eso necesito que me ayudes a salvarla.

El doctor asintió, pero ya su mirada no sostenía la de su amigo, había preferido el suelo: había algo en aquellos ojos que le hacía estremecer de miedo todo su ser. Era algo indescriptible, que gritaba la palabra muerte.

El que se va a morir, se alivia

Marta fue dada de alta. Los últimos días había mostrado mejorías significativas. Los exámenes que le hicieron fueron favorables para incluirla en las listas de espera. Aquella noticia los puso de un exagerado buen humor, como si les hubieran dicho que ya estaba milagrosamente curada.

El viaje a su casa fue ameno. Cheva los había ido a buscar. Les contó que las cosas avanzaban entre él y Miriam, que en los días que Marta había permanecido convaleciente, se habían brindado mutuo apoyo y consuelo, se habían unido un poco más. Hablaron trivialidades y jocosidades; en ningún momento mencionaron lo que el doctor les advirtió en secreto al decirles que ya se podía marchar. Probablemente el propósito era precisamente no hablar de aquellas cosas.

Una vez acostada Marta, bajaron. Cheva se marchaba. *No hay nada más que hacer que no sea esperar. No te desesperes, ya aparecerá alguien. Ya verás.*

Bajó la cabeza mientras asentía levemente. *Quiero tanto creer que así será, Cheva. Pero ya escuchaste al médico. Las probabilidades son muy pocas. El corazón de Marta está muy atrofiado, ya no aguanta más. En cualquier momento le puede dar otro infarto, y no lo aguantará.* Su voz se quebraba. *No pierdas las esperanzas, hermano. Confía en Dios, ora por tu mujer.*

Se dieron un abrazo y el gigante amigo se marchó con su paso quedo y sus brazos de orangután. Se quedó solo, pensando en las palabras de su amigo. Orar. ¿Orarle a quién? ¿A un Dios que le había obligado al dolor y a la soledad? ¿A un ser que no había tenido nunca un acto de misericordia con él, ni cuando era apenas un niño?

Sintió una rabia tan grande en sus adentros que pensó que terminaría por destruirlo todo en la sala. Tenía deseos de estrellar los platos, de romper los espejos, de tirar al piso la televisión, el radio, las botellas del bar. Por un instante sobrecogedor, se vio a sí mismo corriendo por toda la casa, tumbando floreros, pateando mesitas, gritando como loco...

Volvió en sí. Aún estaba parado cerca de la puerta. La fantástica destrucción causada por su rabia -que iba mermando- se fue desvaneciendo. La casa seguía intacta, pulcra, ostentando el buen gusto de su amada esposa. Le pareció una burla la idea de que Marta tenía el corazón grande. Tener el corazón grande connotaba bondad. Para Marta, muerte.

El doctor no daba grandes esperanzas. Por el contrario, si él le había leído bien entre líneas, el doctor le había mandado, sutilmente, a prepararse para lo peor. Negó con violencia, sus orejas rojas, un nudo rígido en la garganta.

Subió las escaleras y la observó por largo tiempo. Los envases de las medicinas descansaban en la mesita de noche, junto al cofrecito dorado de las prendas y al celular. Un vaso a la mitad de agua en el suelo parecía invitarle a beber algo. De repente el cuarto le pareció un lugar extraño, alejado de él, como si fuera la primera vez que le veía en detalles. Miró a Marta como se ve a un extraño, con la crudeza de la objetividad. En aquel instante, sintiéndose un espectador en toda aquella ópera que eran sus vidas, se preguntó cómo había llegado allí; qué decisiones le habían colocado una vez más en el predicamento en que se encontraba, en ese maldito intercambio: su vida por la del ser amado. Volvieron todas las estúpidas conjeturas, las fantasiosas teorías, el peso de aquellas visiones fatales de sus padres, de sus abuelos... Volvieron las visiones del puñal cortando su carne, la sangre escapando a borbotones, la sensación del miedo y el mareo... La asfixia y el dolor de la soga, tensa como un pene erecto, en busca de un inverso clímax. Maldijo el dolor que sentía. En voz alta, maldijo a las ensañadas Moiras que le hilaban tanta desgracia y tanto sufrimiento.

Marta se movió. La sensación de lejanía se desbarató instantáneamente. Sus facciones recuperaron la subjetiva delicadeza atribuida por sus ojos de hombre enamorado. La sintió suya, aun en esa abismal distancia en que habita quien duerme. Se acercó y acarició su frente. Notó que su propia mano temblaba levemente y la retiró, pensando que quizás la despertaría. En un arrebato se agachó y besó sus labios. Al ver que no despertó, y aun viendo que sus senos se movían al ritmo de su respiración, sintió un miedo robusto, que le arropó y le sacudió por completo. Pensó que así se vería sin vida, y no pudo evitar llorar hondamente, como se llora a quien ya se ha marchado para siempre.

Salió del cuarto tapándose la boca para no gritar, para que su dolor no la despertara. Al pie de la escalera, se sentó y vació en lágrimas todos los miedos, los pesares, las impotencias.

Después de un rato, se secó la cara y se incorporó. Caminó hasta el bar, vació dos tragos de whiskey en un vaso, y casi lo apuró todo al primer intento. *No voy a dejar que te mueras,* dijo en voz alta, mientras miraba por la ventana, donde la tarde iniciaba su declive hacia la sombra. *No voy a dejar que te me mueras,* repitió.

Se tomó lo que quedaba del trago y juró taciturno y decidido: *aunque sea, coño, lo último que haga.*

El fatal accidente

En Otoño, las 5:17 a.m. de Santo Domingo sigue perteneciendo al reino nocturno. Cuando salió y se montó en el jeep, no vio a nadie en la calle, solo una fina neblina que paulatinamente se dispersaba. No encendió la radio. Prefirió manejar en silencio, meditando. La avenida mostraba más vida. Empezaba a llenarse de motoconchos, voladoras, carritos de concho, ciclistas y pasoleros sin cascos protectores. Las OMSAs parecían enormes orugas repletas de profesores, estudiantes, jornaleros, y vendedores de periódicos, conconetes, y arepas, entre otras cosas.

Marta había vuelto a trabajar. Se sentía mejor, pero a él las palabras del doctor no le dejaban de resonar a cada momento. Sabía de sobra que en cualquier momento le llamarían para decirle que había muerto. Bajó los cristales para escuchar la ciudad. De la lista para el trasplante aún no había nada. Todos los días el doctor López le llamaba, le mantenía al tanto. Le aseguraba que se estaba haciendo todo lo posible. Le avergonzaba cuando el doctor le informaba que se estaban haciendo trámites para organizar una recaudación de fondos para la operación, para que cuando se hallara el donante, todos estuvieran preparados. El ánimo de Aníbal López era envidiable, su optimismo, una cachetada para él. ¡*Oye, ánimo, ánimo, que esta batalla es nuestra, hermano!*

Marta no le ayudaba a ser optimista. Aunque no lo hacía con malas intenciones, le lastimaba constantemente, puesto que se había dado a la tarea de organizarle la vida a él, para el momento cuando ella ya no estuviera. Eran los únicos momentos en los que se había molestado con ella. La primera vez incluso le alzó la voz, le dijo que se callara, que no mencionara esas cosas, que ella no se moriría. Terminaron llorando abrazados en la cama, acariciándose y apretándose como para no dejarse escapar el uno del otro.

Pero Marta había continuado con aquellos sermones e instrucciones "post-mortem". Le pidió que la enterraran junto a su madre y a su hermana; que le informaran a su padre, no antes, sino después, solo para que pudiera ir al entierro. Le pidió que no permitiera que le cortaran el pelo. Casi siempre terminaba llorando en sus brazos, y era ella quien le consolaba, como si fuera él quien estuviera al borde de la muerte.

Dos noches antes, sentados en el mueble, escuchando Lucía de Joan Manuel Serrat, él le dijo que la amaba. Quizás fue la música, tal vez su voz arrastrada desde los confines de su ser, lo que le impidió a ella escuchar el adiós en aquel *te amo*. Ella lo miró y le sonrió, y con un beso de sus gruesos labios le dijo que todo estaba bien. Se recostó en su pecho a escuchar aquellos versos, *no hay nada más bello que lo que nunca he tenido, nada más amado que lo que perdí,* y pensó tranquilamente que si había de llegar la muerte, le gustaría encontrársela allí, recostada del amor de su vida, sus manos sin tensión alguna, su calidez recorriendo sus mejillas, sus dedos entre lo rojo de su pelo, la sensación de absoluta paz que le daba su compañía.

Cuando recibió la llamada, escuchó atentamente, asintió en silencio, como si su interlocutor pudiera verlo, y colgó. Vio el puente. Aceleró. Ya había ensayado en su mente este momento miles de veces desde el instante en que supo con certeza que no había vuelta atrás. Un Honda Civic azul tuvo que esquivarlo en el último segundo. Las bocinas no se hicieron esperar. El jeep zigzagueó varias veces. Cuando chocó contra el muro de contención, en ese preciso instante fugaz, revivió su pelea con el abuelo dentro de aquel destartalado carro, que como ahora se había visto al borde del abismo.

Como en cámara lenta, vio y escuchó gritos, gentes, bocinas... sintió la fuerza del impacto, los pedazos de vidrio le llovían homicidas en el rostro, en el pecho... Fue tan fuerte el golpe contra el muro, que el jeep se levantó de atrás, como los niños que dan una vuelta de maroma, y siguió dando vueltas en el aire hasta caer tres o cuatro pisos más abajo, en el pavimento.

Abrió los ojos a una luz intensa, que le hacía doler las pupilas y pestañear. Su mente no registraba lo que había ocurrido, ni dónde estaba, ni la hora. Muy lentamente, fue divisando siluetas de gente colorida en movimiento. De súbito, otras visiones en su mente. Se le opacó aún más la mirada. Trataba de concentrarse en ver, pero una especie de velo oscuro le iba tapando los ojos. Trató de decir algo, pero no lo logró. De repente volvió la luz, muy veloz, y vio que los hombres eran bomberos, paramédicos, policías... Gritaban, hablaban por sus radios negros, había urgencia en sus rostros. Sentía que algo no le dejaba respirar bien. Quería tocarse el cuello, pero no podía. Uno de los paramédicos, el que estaba más cerca, le decía que se quedara con él, que no hablara, que se quedara con él, pero intentó decirles que no, que se fueran, que lo dejaran morirse en paz... mas no pudo, y volvió la lobreguez de antes, y, de repente, vio la imagen de Marta con una limpidez increíble, y luego ya no vio ni escuchó nada más.

El Plan

Semanas antes del accidente había decidido que había un sola forma de probar que el doctor López estaba equivocado, y que él lo demostraría. Había decidido que la única manera de demostrar que aquello de la inmortalidad era un disparate, era matándose. No quería morir. Y era una ironía de esas que dan rabia. Había querido morir tres veces cuando la vida era solo dolor pero había fallado. Ahora quería vivir, y solo la muerte tenía el poder de ayudarlo. Ahora era necesario que muriera. No era una decisión de cobardía, sino de amor.

El plan era sencillo. Fingiría un accidente, moriría, y Marta cobraría el dinero del seguro de vida que la empresa había incluido como parte de sus incentivos. El doctor López le rogó que no, que aquello era una locura, que había otras formas. Pero sabía que no era así. Los intentos del doctor por recaudar fondos para la operación no habían caído en oídos sordos, pero tampoco habían dado los resultados esperados. Lo que sí consiguió de un amigo en altas posiciones fue recortar el precio de la operación, si es que se daba. No les quedaban más opciones.

El doctor no quería creer lo que escuchaba. *Tengo que hacerlo. Desde que tengo uso de razón he visto morir a todos los que he amado, Aníbal. A mis padres, a mis abuelos, a mis amigos... los he perdido trágicamente a todos, y ¿por qué? Solo por amarlos. ¿Sabes qué? Ya no quiero hablar de teorías. En cualquiera de esas ocasiones en que traté de suicidarme, ¿sabes lo que sucedió en verdad? Que alguien llegó a tiempo a salvarme. Eso pasó. Nada más, hermano. La bondad de esa gente me salvó. No hay nada sobrenatural en mí. No soy ningún maldito inmortal; no soy especial; no soy el juguete ni el capricho de unos*

203

dioses científicos. Soy solo un hombre tan desdichado que no pudo morirse cuando quiso y que ahora, que no quiere morirse, tiene que hacerlo para salvar a la mujer que ama, a la única felicidad que ha conocido en su vida. Eso es lo que hay, Aníbal. Eso es lo que hay y nada más.

El doctor bajó la cabeza. Sentía náuseas. Los sentimientos humanos son demasiadas veces inmundos. En este momento, cuando su buen amigo necesitaba de él, de su enteresa, de su razón, para sacarle de la cabeza aquellas absurdas ideas, su mente le traicionaba, lo único que le pasaba por la mente era la posibilidad de comprobar si había o no estado en lo cierto; si aquel hombre podía ser en verdad inmortal. Era cruel estar pensando en esas cosas cuando lo que debería ocupar su mente era convencer a su amigo de que desistiera de semejante locura. Le asqueaba su propia mezquindad.

Al fin pudo decirle que aquello no podía ser, que arriesgar su vida no era la forma. Pero era tarde, y su voz carecía de convicción.

Aníbal, está decidido. Como te dije en el parque, necesito tu ayuda para coordinar algunos detalles, y para que, llegado el momento, ayudes a Marta con los trámites del seguro.

El doctor negaba con la cabeza; no podía creer lo que ocurría. La determinación en la voz de su amigo no dejaba espacio para dudas. Intentaría matarse para salvar la vida de la mujer que amaba. Aunque no se le escapaba el sentido poético del asunto, se preguntaba si no sería en el fondo la posibilidad de no morir lo que movía a su amigo a intentar tan desesperada resolución.

¿Qué diablos te pasa, Aníbal? ¿Es que no puedes pensar nada con cordura? Se preguntó a sí mismo, confundido y enojado.

Cuando quiso decir algo más, la mano firme de su amigo en su hombro lo detuvo. Se miraron a los ojos brevemente y luego, diciendo apenas adiós, lo dejó allí, solo y aturdido, preguntándose qué clase de hombre era aquel, que estaba dispuesto a entregar su propia vida por amor.

***

Había convocado a Cheva a reunirse en su casa. Marta había retornado al trabajo una semana antes. A esa hora, él estaba solo. Cheva había sonado preocupado en el teléfono. Le preguntó en un par de ocasiones si le ocurría algo, pero él le dijo que no, que no se preocupara. Había decidido no confesarle a Cheva su plan. Sabía que su reacción sería diferente a la del doctor. Cheva era capaz de ir a donde Marta y contárselo todo. Era capaz de meterlo en un manicomio si era necesario. Nunca lo entendería; nunca lo aceptaría.

Lo invitó entonces para conversar con él, para, de algún modo, despedirse. Cheva no lo sabría, pero aquella reunión sería la última que compartirían. Se le llenaron los ojos de lágrimas. Aquel hombre era uno de los pocos que le habían brindado una mano amiga; de los pocos que se acercaron a él y vieron sus posibilidades y su potencial, aun cuando él mismo no los veía.

Recordó entonces a Don Pedro. Su memoria lo regresó a una tarde a eso de las seis; Don Pedro había llegado a la casa desde la metalúrgica. Estaba cansado y se dejó caer en el sofá.

¿Qué lee ese futuro filósofo? No se burle, Don Pedro. No es burla, eres brillante, un poco testarudo, pero brillante al fin. Ya le dije

205

que no se burle, don. Ah, y quiero hacerle una pregunta. ¿Qué opinión le merece la guerra? No sé por qué me preguntas, sabes lo que pienso acerca de la violencia. *Lo sé, pero ¿no es la guerra un tipo de violencia justificada?* No, no en mi opinión. Creo que la única violencia que se justifica es la auto-defensa. No se puede uno dejar agredir así no más. Pero la guerra es una locura, es un derramamiento de sangre en nombre de una idea.

Calló, como recapitulando, pero luego se acomodó en el sofá y optó por permanecer en silencio. *¿No es siempre así? ¿No es una idea lo que mueve al hombre a todo?* Le miró en silencio, asintiendo. *Tienes razón. Al hombre lo rigen sus pensamientos. Pero hay algo más, algo mucho más fuerte aun. ¿Más fuerte que su pensamiento? Sí. Algo que aún no conoces, pero que llegará en su momento, probablemente cuando menos lo esperes: el amor.*
¿El amor? ¿En serio?
Muchacho, el amor es la fuerza más poderosa del mundo. El amor puede llevar a los hombres a hacer lo que en algún momento parecería imposible.
Si no lo conociera diría que está usted enamorado.
Ahora no me crees, lo sé, y no te culpo, pero escúchame bien; un día te enamorarás de verdad y entonces sentirás que es posible hacer cualquier cosa por amor, incluso hasta dar la vida.

***

Cheva llegó y de inmediato se sirvió una taza de café. Le miró de reojo, como quien busca una respuesta en el rostro. *¿Cuál es la urgencia?* Le preguntó tratando de disimular su preocupación. *Ya te había dicho que no es nada. Me sentía un poco solitario y quise que vinieras para conversar un rato. Es todo.* Cheva le miraba con aquellos mismos ojos inquisitivos que él muy bien recordaba de cuando era un novato en la empresa y Cheva su superior. Aunque intuía que había algo más detrás de aquella invitación, tomó asiento y le siguió el juego a su buen amigo.

Gastaron tres horas recordando anécdotas y gente. Aunque no eran amigos de años, sentían que se conocían de toda la vida; e incluso el tiempo que habían compartido les parecía mucho más de lo que realmente era. En algún momento, ya después que Marta había llegado, y después de cenar los tres juntos, Marta se despidió para ir a recostarse. Cheva se levantó para irse. Le dijo que le fuera a dar calor a su mujer. Se dieron un abrazo y el grandulón caminó a paso lento hasta su vehículo. Una vez en la puerta del mismo, volteó movido por un impulso inexplicable y vio a su amigo observándolo desde la puerta de la casa, su mano izquierda estaba sobre su boca, y aunque no quiso indagar, y por más descabellado que fuera, se fue cargando con una brutal convicción de que su amigo había estado llorando; de que aquella amena conversación olía peligrosamente a lo que huelen las despedidas.

La Inmortalidad del cangrejo

Cuando Marta abrió los ojos, de inmediato preguntó por él. Miriam estaba a su lado. Detrás de ella, un señor alto con bata de doctor, de tez clara y varoniles facciones, le miraba con ojos brillantes y amables. Una sonrisa sincera iluminaba su rostro. *¿Cómo si siente?* le preguntó. Tenía ese gracioso acento gringo en su voz. *No hace falta contestando, usté estar débili ahora, pero pronto recuperarse usté, muy pronto.* Algo en su rostro le motivaba a creerle a aquel doctor, que más bien parecía modelo profesional. *¿Dónde está? ¿Dónde? ¿Por qué no está aquí conmigo?* Su voz sonaba sin fuerza. Miriam le tomó ambas manos sin saber qué decir. *Señora, please, esperando fuera, pur favour, momentito. Tenemos qui hacer análisis varios al pacienta.* Marta le rogaba con la mirada que le dijera algo, que le dijera por qué el hombre que amaba no estaba allí con ella. Pero estaba tan débil que no pudo articular su ruego; no pudo contradecir al doctor cuando le pidió a su amiga salir del cuarto.

La operación había durado 9 horas. El doctor López había estado presente en calidad de asistente. Una cortesía entre colegas. El doctor Vladimir Humbert, probablemente el más prestigioso en su clase, había accedido ante su petición de operar a Marta. No hubo complicaciones. Hasta el momento, el cuerpo de Marta no había rechazado el órgano insertado. Las lecturas de su presión, su ritmo cardíaco, su respiración eran estables. Los niveles de oxígeno en su sangre estaban ligeramente por debajo de los valores normales, pero en una intervención quirúrgica de esa naturaleza era de esperarse. El hecho de que hubiese recuperado la consciencia tan rápidamente era también un buen indicio. *De seguir las cosas así,* Pensó en voz alta, *tu sacrificio, hermano, no habrá sido en vano.*

***

Cuando abrió los ojos, la gigantesca rueda mecánica estaba frente a él. El nefasto número 9 resplandecía como exhalando llamaradas de un fuego infernal. Por todas partes había gente corriendo. Huían de algo o de alguien, despavoridos. Una especie de lamento ronco llegaba en el viento. Apretó los ojos. Se dijo que estaba soñando. Los abrió. La rueda seguía allí. Al pie de la misma, cinco o seis ataúdes. Una risa entrecortada parecía llamarle desde dentro de ellos. Una tétrica música conocida empezaba en los contenes, por los sumideros. Trató de taparse los oídos. Un grito que venía de todas partes amenazaba con dejarlo sordo. Los ataúdes le imantaban. Parecía que levitaba hasta ellos. Se resistía, pero era mucho más fuerte que él la fuerza que lo empujaba a esos horrores. Era como si un gigante invisible estuviera empujándole. No, gritaba. No! Pero no tenía voz. De repente, justo cuando estaba frente al primer féretro, un haz de luz le cegó, seguido por la melódica voz de su amada: 'estoy aquí'. Marta parecía un ángel, elevada a unos pies sobre su cabeza, parecía envuelta en un arco de luz. Una mezcla de ternura y miedo abarcó su corazón. Aunque la presencia iluminada de Marta sugería paz, algo le decía que este sueño era una premonición. Algo le decía que era la última vez que vería sonriendo a la mujer que amaba. Quiso agarrar sus manos, pero estaba demasiado alta. Lo intentó, lo intentó una y otra vez, pero no lo lograba; y de súbito, un túnel hondo y largo de luz, como una aspiradora translúcida, succionó la imagen de su mujer. Y ya no pudo verla más. Trató de gritarle que no se fuera, que no se la llevaran, pero el ruido que salía de los ataúdes se tragaba todo sonido. Cuando miró hacia ellos, para su sorpresa, estaban vacíos. El silencio gritaba...

Lo primero que vio fue el rostro sonreído del doctor López. A un paso detrás de él, Marta y Cheva tenían lágrimas en sus ojos. Miriam estaba allí también, sus manos agarrando las de Marta. De refilón miró al pequeño cuadrado de la ventanilla en la puerta, y pudo ver dos rostros allí apiñados: eran compañeros de la empresa.

No sabía qué había ocurrido, pero una sensación de alegría creciente se le fue metiendo por entre las venas como una infusión de un líquido bienvenido y cálido, que le devolvía de a poco la vida. *Mi amor...* dijo con dificultad. Sintió un gran dolor en el pecho. *No, no hables, amor,* le pidió Marta, que ya se había acercado a tomar su mano. Sus lágrimas mejilla abajo hablaban de alivio, de esperanza. Miriam y Cheva se abrazaron. El doctor López sonreía. Nadie dijo nada. De repente sintió que una gran manta caía sobre él, pero no era para asustarse, por el contrario, era un manto de tranquilidad, de paz, algo puro y limpio, que descendía sobre sus ojos con la levedad del rocío. Con un beso de Marta se fue adentrando en un sueño, sintiendo las más gratas sensaciones de su existencia...

El milagro

La llamada había sido para informarle que habían hallado un donante compatible. Ya todo había sido meticulosamente planificado. Una vez recibiera aquella llamada, su plan se pondría en marcha. Él provocaría el accidente de la manera más convincente posible. El doctor López había hecho amarres para ingresarla, en el momento propicio, bajo su palabra de que se conseguiría el dinero. Tendría que sacar a Chevallier de su tristeza para que moviera lo más rápido posible el cobro del seguro de vida. Estaban tan altos sus méritos en la empresa, que prácticamente los dueños hacían lo que él dijera.

Para ingresar a Marta era necesario un depósito del veinte por ciento del monto de la operación. Entre sus ahorros y las recaudaciones de Aníbal, esa parte ya estaba cubierta.

Cuando escuchó la voz de la mujer, supo antes de que le dijera la noticia que era aquella la llamada que esperaba, la llamada indirecta de su muerte. No tuvo tiempo para pensar. Pensar en aquellos momentos no era una opción. Mientras giraba el guía, marcaba con el pulgar el botón predispuesto para el número del doctor López. No llegaron a escucharse. Cuando el Doctor levantó, solo escuchó una terrible sucesión de estruendos. Bajó el rostro, apretó los ojos, y cerró el celular. Respiró hondo, y se dispuso a cumplir con la misión que su buen amigo le había confiado. Pero antes que nada, lo primero: confirmar que el inmortal había muerto.

El Inmortal es el amor

Esta es tu última taza, he dicho. Marta le entregó la taza de café humeante con enojo fingido. Él le acarició la mano. Se llevó la taza a los labios y, al darse un trago, cerró los ojos para mejor disfrutar del sabor de lo que llamaba 'El néctar de los dioses'. La tarde estaba calurosa, pero no demasiado como para meterlos a la casa. Había una brisita coqueta entre las ramas que hacía sutilmente bailar las hojas. Estaban sentados en dos mecedoras de madera en un porche con piso de caoba. Aníbal les había acomodado en aquella preciosura de casa por dos semanas. Eran sus vacaciones. Estaban en algún lugar de Monte Plata, rodeados de la naturaleza, de una variada multitud de árboles, de montes verdísimos, un riachuelo al pie de una colina, y docenas de gallinas, gallos y vacas. Era la casa de veraneo del doctor y su familia.

Hacía dos años de lo del accidente y la operación. Marta había tenido que ser ingresada en dos ocasiones por complicaciones para adaptarse a su corazón nuevo, pero gracias a Dios ya había rebasado lo más peligroso. A veces, cuando ella le reclamaba por el café, él le decía que el corazón nuevo no le quería igual que el anterior, y se echaban a reír. El doctor Humbert le había diseñado una estricta serie de medidas que Marta seguía al pie de la letra. Su madurez, sus ganas de vivir, y su obediencia, le hacían la tarea fácil.

Por su lado, su recuperación había sido mucho más lenta y dolorosa. El accidente le quebró el tórax; le rompió el brazo izquierdo, ambas piernas; le fracturó un total de doce huesos. Las terapias que venía recibiendo desde entonces eran un martirio. Cheva le acompañaba, le daba ánimos, le regañaba en ocasiones. Muchas veces pensaba en lo ocurrido y se sentía estúpido por haber tomado las decisiones que tomó. Pero no se arrepentía. En verdad había creído entonces que aquella era la única salida, la única forma de salvar a su mujer. Sabía que de ser necesario, lo haría de nuevo. A veces no podía evitar reírse para sí y negar con la cabeza cuando pensaba en cómo habían resultado las cosas.

El doctor se percató, justo en el momento de su llamada, de que no habían planificado cómo darían con su paradero, o qué le dirían a las autoridades (o a las personas del seguro) cuando indagaran acerca de aquella llamada; si quizás había sido aquella la causa del accidente: que se hubiese descuidado del volante por estar en el celular. Aquello era desafortunado, puesto que el seguro podía armar un caso para negarles el dinero. Pero no solo eso, tampoco habían tomado en cuenta lo más obvio: los testigos del accidente. Tan pronto vieron el auto volar por el puente, la gente sacó sus celulares, la mayoría para grabar (esa odiosa práctica de esta era), pero otros para llamar por ayuda. Los paramédicos, bomberos, y policías no tardaron en llegar.

El doctor López no se enteró de que su amigo seguía vivo sino hasta tres horas más tarde. Al darse cuenta de lo que aquello significaba, no le quedó más remedio que buscar otra opción. Fue entonces, bajo la presión monstruosa de las circunstancias, que pensó en el doctor Vladimir Humbert.

La Eminencia, como le conocían en los ámbitos de la cirugía cardiovascular, había sido compañero de su padre, un amigo cercano, y, al final, uno de sus más recios detractores. Aquellas malas prácticas del doctor afectaron enormemente la reputación de todos los que habían trabajado con él, especialmente la de su buen amigo Humbert. Por años, La Eminencia vivió con el estigma de aquel hurto del cual él no tenía culpa alguna. Pero, dime con quién andas y te diré quién eres, dice el dicho. La Eminencia tuvo que soportar los chismes, las miradas acusadoras, los chistes de mal gusto... incluso una que otra acusación informal pero pública de algún compañero airado. Estoicamente soportó todo aquello. La última vez que hablaron, cuando el doctor López Sr. había tratado de pedirle perdón y él no quiso escucharlo, le pidió entre lágrimas que no pagara sus culpas con su familia, que ellos necesitaban de su amistad. El doctor Humbert nunca olvidó aquel pedido, pero tampoco los buscó.

Aníbal se presentó en su casa. Era la primera vez que le veía en diez años. El doctor Humbert, quien lo quiso siempre como a un hijo, no pudo disimular su emoción al verle. Cuando le explicó la situación de Marta, el doctor Humbert accedió sin peros, y usó sus credenciales e influencias para apropiarse del caso. Fue así como no requirieron que el tétrico plan se cumpliera a cabalidad para salvarla.

*∗∗

Dos años más tarde, el corazón prestado de Marta no dio para más y dejó esta tierra abrazada al amor de su vida, con el rastro tierno de una sonrisa en su cara aun joven, y escuchando *Hello* de Lionel Ritchie.

Cheva y Miriam, que recién había dado a luz a su segundo hijo, le acompañaron al entierro, junto con Josué, que ya estaba todo un señorito. El doctor López y su esposa estaban allí también, y algunos amigos de la compañía. El doctor Humbert se había excusado porque estaba en México dando una conferencia. Fue una ceremonia sencilla e íntima. El pastor leyó unas hermosas palabras que el viento de aquella colorida primavera pareció perpetuar en hojas y en pétalos; y en un dulce aroma a mandarina fresca, que llegaba de no se sabe dónde.

Ya hacía siete meses que lo habían vuelto a operar del pecho. La operación lo había dejado tan débil que tenía que trasladarse aun en silla de ruedas. Cheva y Aníbal estaban a su lado. Cheva le tenía la mano en el hombro. Había en su rostro una serenidad que nadie habría esperado.

Cuando fue hora de enterrarla para siempre, un par de lágrimas le descendieron por las arrugadas mejillas, y eso fue todo. Le palmeó la mano a Cheva y le dijo casi en un susurro que ya era hora de partir. Mientras su amigo empujaba la silla, miró al cielo que ya empezaba a guiñar crepúsculo y no le quitó los ojos hasta que iban ya lejos en el jeep.

***

Aníbal y Cheva recitaron poemas. Pocos lo sabían, pero la poesía había sido una de sus pasiones más hondas. Aníbal leyó *Elegía* de Miguel Hernández, y Cheva, *Un Cuenco* de Luis María Lettieri. El doctor se enojó al ver la poca gente que acudió a su entierro. Pensó que en verdad la vida había sido injusta con este pobre hombre. Luego pensó en el amor que se tenían él y Marta, en lo felices que fueron mientras estuvieron juntos, y se dijo que quizás a pesar de todo había valido la pena. Se sonrió con una mezcla de tristeza y aceptación al pensar que su amigo, después de todo, sí podía morirse; que

215

sus conjeturas habían sido una fantasía, una locura. Por mucho tiempo se preguntaría cómo había podido llegar a creer aquello con tanta convicción. Eso que ahora parecía naturalmente el disparate más grande del mundo.

Por su parte, Cheva también pensó fugazmente en el puñado de gente que se había reunido para despedirlo, pero no se molestó. Sabía que todo el que estaba allí le quería sinceramente. Y eso bastaba.

* * *

Murió cuatro meses después de Marta. Acababa de hablar con Cheva para que le pasara a buscar. Había accedido a regañadientes regresar a la terapia.

Se tiró en el sofá a leer una antología de poetas hispanos que Don Pedro le había recomendado un sábado cualquiera hacía ya quizás veinte años, y que nunca había tenido tiempo de leer. Mientras leía *Hay un país en el mundo* de Don Pedro Mir, sintió que los versos le envolvían, como sería quizás dejarse envolver en la sutil caída de una llovizna de pétalos. Vio en un encantador espejismo el pelo rojísimo de Marta danzando en el viento, su sonrisa de niña grande invitándolo a un beso, y se fue así quedando plácidamente dormido, y fue tan agradable aquel deslizarse hacia el sueño, tan hermosa la sensación de elevarse, *en el mismo trayecto del sol,* que ya no quiso despertar.

Índice

Otros libros por Edgar Smith:

El Palabrador
(Cuento)

Algunas Tiernas Imprecisiones
(Poesía)

Island Boy
(Poesía)

Gnuj & Alt
(English novel)

Cuentos raros
(Cuento)

arrimao
(Novela)

Verso y Lágrima
(Poesía)

www.booksandsmith.com

www.ingramcontent.com/pod-product-compliance
Lightning Source LLC
Chambersburg PA
CBHW031408250626
47155CB00004B/1453